启真馆 出品

府城的美味时光：

台南安闲园的饭桌

辛永清　著

刘姿君　译

ZHEJIANG UNIVERSITY PRESS
浙江大学出版社

目　录

前言

　　三月下旬，我因为烹饪讲习工作的关系，展开了一趟小旅行。这次烹饪讲习的对象是大学教授和烹饪学校的老师。那天，我结束在四国的工作，前往下一个讲习地点时，却碰上飞机因濑户内海起雾而停飞。我听说渡轮没有停驶，连忙赶往港口。

　　天空白茫茫的，海也白茫茫的，从甲板往下望，唯有正下方的海面卷起深灰色的海浪。在雾蒙蒙的海上，船响着汽笛缓缓前进，我置身于船的震动中，不由得想起近五十年前幼时的乘船之旅。也由于我近来一直撰写孩提时代在台南老家的种种，那次航海格外鲜明地在我心中复苏。

　　父亲因商务之故，不知在日本与家乡之间往返了多少次。每次他都会带一两个姊姊或嫂嫂做伴，我年纪虽小但听话不需特别照顾，因此小学一年级的暑假，也让我跟着姊姊们同行。当时跑日本航线的船，不是高千穗丸就是高砂丸，大船上都有着金碧辉煌的大厅和甲板泳池，非常豪华。每当父亲要搭乘的船入港，我都会上船，趁着船还没出港前到处玩耍。因此我心中也向往着，希望有一天自己也能搭船到日本。

我并不确定是在下关还是神户靠港的，但我们是搭火车到东京的。父亲去工作，我们则是游赏日光、京都等地。即将返乡前的某一天，我们到百货公司买礼物。我想应该是日本桥的三越[1]。我们在一个宽敞、摆设雅致的会客室之类的地方，父亲一一下单，好几名店员进进出出，把东西备齐。当时父亲为我买的白色凉鞋，其实穿起来有点磨，脚会痛，但我非常喜爱，一直穿了两年，到皮带断了坏掉为止。大型的礼物大概是在横滨装船的吧，一到台湾，便从船上卸货，堆在我家的客厅里。日后再度来到东洋的我，与百货公司的会客室完全无缘，都是买了一点东西就离开。但我也曾仰望着大楼窗户，心想孩提时代曾一度目睹的那个房间不知还在不在？又位于这座巨大建筑物的哪里呢？

那次的乘船之旅，是在海天一色碧青、晴空万里的夏日，但如今在春天浓雾包围的濑户内海上，不辨东西南北，任由船只载着我前行，竟几乎有种自己又重回童年，随着父亲和姊姊们初次前往日本的错觉。

那次的初航，或许就此注定了我前来日本生活的命运。相信命运的我是这么思考的。三十多年前，以新娘的身份来到日本的我，生了一个孩子，离婚，靠着教授钢琴和烹饪，就这么在东京定居至今。

---

[1]　编注：指三越百货。

　　直到几年前，我都还以为等孩子在经济上和精神上等各方面都不再需要我之后，我迟早会回故乡。但到了年过半百、年老已经不远的现在，我开始认为就这样在这里老去又何妨？

　　三十多年前的日本和现在大不相同。路上的行人，在我眼里看来，和我们中国人明显不同，让我深深感到自己来到了异乡。姑且不论横滨、神户的中华街这些地方，当时虽然处处都有拉面店，但能提供地道中华料理的餐厅却十分有限。

　　现在又是如何呢？各地不但有中华料理，连各式各样的异国料理餐厅都找得到。近几十年来，应该没有哪个国家的饮食生活像日本一样变化这么大。就连一般家庭的餐桌上，也会出现法国菜、意大利菜、俄国菜、西班牙菜，等等。日本人不但会做印度咖喱，也会做伊斯兰风味的烤羊肉串。现今的日本家庭料理发展出的饮食文化面向之广，恐怕已居世界之冠。

　　不知是否受饮食生活改变的直接影响，最近日本年轻人的长相不同了。我觉得近似欧美人的大眼睛、高鼻梁的面孔似乎越来越多。反过来，细看故乡的年轻人，尽管不如日本明显，但一直以来的纯东方长相似乎也慢慢转变为西方脸孔。或许这不单单是饮食，也是生活全面西化的表现（如今这几乎已经与现代化成为同义词，不断改变我们的生活），使得东洋人越来越接近西洋人，日本人也好，中国人也好，都因此而逐渐失去各自的特色。而且改变的不只是长相，恐怕感性与精神也都渐渐有所不同了吧。来自于中国却生活在日本的我，比身在中国的中国人以及身在日本的日本人，更能仔细地看出彼此间的这种变化。

　　看来二十出头来到东京，并生活了三十多年的我，似乎仍是三十多年前的中国人。因为喜爱日本，认为日本和故土一样，不，日本恐

辛永清摄于安闲园里的房子前，洋溢着花样年华的青春气息

怕更应是自己的归属，所以才一直留在东京。但在这样的感情之外，身为一个生活在异乡的外国人，为了不失去自我，毕竟会强烈意识到自己诞生之地的风俗习惯与自己所背负的文化。对我而言，那便是我生长了二十年的故乡：台南这个南方之城的蔚蓝青空、翠绿田园。

不知不觉，在日本的日子已远远超过在家乡度过的岁月。近来不时想起台南的种种，是因为东京和当时的故乡实在太过不同吗？或者是我已经到了动不动就话当年的岁数了？我不敢有成为双方文化桥梁的雄心壮志，但我之所以想将个人有关风俗、饮食生活的经验记录下来，是因为我知道，就连在台南这些也渐渐消失了。

没有人能够离开自己生长的文化。我个人的经验远在其次，我只希望能借此让更多日本人知道，在浩瀚的中国文化中，曾有过这样形式的东西。一名中国女子以中国人的身份生活在东京街头，令我深知看似同样的外表下也可能存在着不同的文化。让日本的读者了解这一点，绝对不是坏事。

说起来，书中介绍的点点滴滴都是我微不足道的个人经验。把随时随地浮上心头的事情记下来，就成了这些文章。我向来不以记忆力见长，但一则则回忆太过鲜明，甚至连我也感到惊讶。我曾向年龄相近的妹妹问起，因为其中有几件事妹妹当时应该也在场，但她却说完全没印象，反而一脸不可思议地对我说："你竟然连这些都记得。"

假如这本书还有一点价值，那么我想价值就在于此。我比妹妹记得更清楚，恐怕是因为当时我看得更专注。我有个习惯，就是会一直专注地看着、守着一件事物，再小也不放过。简单地说，就连我现在赖以维生的烹饪教学，也不是正式到学校去学的，而是在家中厨房专注地看着母亲和佣人们做菜而习得的。

"安闲园"是位于台南市郊的宅邸，我在那里度过了大部分的童年时光。与日本京都相比，台南市另有一番风味，但同样是充满浓浓历史色彩的古都。那里的街道沉静而美丽，郑成功来台避居的古城，也安然留存。

我的青春期、青春时代等所谓最多愁善感的时期，都是在那里度过的。在南国，时光悠悠。也许是因为当时年纪小才这么觉得，但安闲园里的日日都新鲜，时光刻画下种种事物，静静流逝。

食物是如此，连孩子的教育也是如此。这令我感慨万千，与现在什么都要求速成的日本是多么的不同啊！"所以日本（人）应该……"我完全没有这样的意思。如前所述，尽管不同于日本，但台南也在不断发生剧烈的变化。举个现成的例子来说，广阔的辛家墓园如今大部分已经化为住宅区了。尽管这样的说法平淡无奇，但终究无人能够抵抗时代的潮流。

即使如此，我仍动念想将这些写下来，因为安闲园的生活（不单是料理）委实给了我太多。也因为我相信，坚守各自岗位、日日奔忙的现代人，其实也深知放慢脚步让时光悠然流过的重要性。

日常生活中，无论多么微小的人、事、物，都有宝贵之处。而无论什么时代，只要用心寻找，必定能找到这份宝物。我认为这正是我想透过本书告诉大家的。

珠宝婆

"今天天气真好！府上的院子无论什么时候看都漂亮，精心栽种的玫瑰开得多美啊！"大门那边传来高亢快活的声音，对整座院子赞不绝口，看样子是常上门的珠宝婆来了。高门大嗓的溢美之词逐渐靠近："看你精神不错，好极了，你媳妇儿也好？"听起来是车夫旺盛被她给逮到了。旺盛是个瘦巴巴又神经质的人，瘦得令人怀疑他拉不拉得动人力车。他的妻子是位和气的阿姨，每天早上来我们家洗衣服，傍晚再来熨收进来的衣服。他们在我们宅院里的小屋子住了几十年。父亲出门工作多半开车，人力车是专属于母亲的交通工具。当母亲没事不出门时，旺盛便帮园丁的忙或充当门房。珠宝婆也不等旺盛回话，自顾自地说个没完。这回先称赞帮佣的女孩今天特别漂亮，然后问："对了，你们夫人、小姐在不在呀？"然后走进门来。这位婆婆不知道多大年纪，身材娇小，一双脚是当时已经罕见的缠足，照样蹬着有跟的鞋子。每年总有三四回，她摇着大屁股，走过前院铺了草皮的石板路进门来。那已经是距今将近五十年前，我还是小孩子时的事了。那时候中国人缠足的风俗早已被废除，但在老一辈的女性当中还是看得到几个。市镇上的大鞋行，也还陈设缠足用的鞋区。话说回来，缠足的婆婆奶奶们都有着一对肥臀，毫无例外。是因为脚部发展受到阻碍，导致腰部必得发达以取得平衡吗？只见她们小小的脚一小步、一小步地走着，肥臀便左摇右晃。据说以前的男人以女子这样的姿态为美。扭腰摆臀行走的模样，确实也算是一种性感吧。

珠宝婆身躯娇小，却提着大大的箱子，踩着颠簸的脚步而来。箱子里的东西，换算成今日的金额，恐怕有一两亿日币吧。里面有钻石、珍珠，而数量最多的是中国人钟爱的翡翠玉石。几乎没有绿宝石、红宝石之类的有色宝石。母亲和她的姐娌姊妹们所配戴的，大都也是这三种，珠宝的种类似乎比现在少得多。我想珠宝婆带着这么贵重的东西，好歹也坐个人力车吧，但她总是一个人摇摇摆摆地走着。来我们家的固定是那位婆婆，但还有许多人和她一样，家家户户上门拜访贩售珠宝。据说她们无论到多远的地方，都是用走的。尽管看来实在是太不小心，却也从没听说这些婆婆被偷被抢。或许是因为当时民风纯朴，也或许是珠宝婆的嘴太厉害，连强盗小偷也不敢招惹吧。

在我小的时候，城里没有像现在这样大的珠宝店，说起买珠宝，一定是向这位珠宝婆买的。

"差不多该来了吧。"

"上次是初春那时候来的……"

母亲和姊姊们才这么说，神奇的是两三天后，大门那边就一定会传来快活的声音：

"天气真好呀！"

然后，从花草树木到佣人的气色和工作，凡是眼睛所见的，全都连声称赞。说到这里，珠宝婆来的日子，一定都是绝佳的好天气。

母亲会欣然款待毫无预警突然上门的珠宝婆。若是上午来，便请她吃中饭；下午来，则是在三点时招待她喝茶吃点心。下午喝茶总是在母亲房间的阳台，嫂嫂和侄儿、侄女都会聚集过来，热热闹闹地吃吃喝喝。而这一天，珠宝婆也会坐在桌旁，足足聊上两三个钟头再走。

珠宝婆的珠宝箱有好几层抽屉，她会把抽屉一个个拉出来，将珠宝摆在桌子上。做成戒指、耳环的，和只有宝石的，大约各占一半。母亲她们物色品评了之后，有时买，有时不买；有时不满意样式要求重新设计；有时托珠宝婆找某某样式的珠宝。珠宝首饰上头找不到半张标价，在某某家小姐怎样怎样、某某家的婚礼如何如何的闲谈当中，穿插"这怎么卖呀？""哎呀，不便宜呢！""这样的价钱可以吗？"的对话，不知不觉便谈出一个结论。听她们慢条斯理、紧要之处却又互不相让的讨价还价，真是紧张刺激，有趣极了。

珠宝对现在的我而言实是遥不可及。我所拥有的几件首饰，也都是未出阁前母亲给的，但台北的姊姊家，至今仍偶有这样的珠宝商前来。只不过，听说来的人已经不再缠足也不是婆婆了，而是利落的中年女子坐车现身。姊姊说她带来的东西比外面的珠宝店好，但唯有像以前那么好的翡翠玉石已经很少见了。"买珠宝急不得"是母亲的口头禅，她常对我们说，好比想要一枚这样的戒指，那就慢慢地等。等上个两三年，一定可以遇到最称心如意的戒指。

几年前，我和我的烹饪助手一起到台湾时，果然就有这么一个珠宝商来到姊姊家。我这位助手老早就说很想要翡翠首饰，哪天要是到台湾一定要买，因此看珠宝商摊开来的商品便眼花缭乱。她尤其中意其中一对耳环，姊姊看她一副随时都会说"我要买"的样子，便出声了："你过来一下。"姊姊把她带到自己的房间。

"现在最好不要买。今天的东西不怎么出色，而且有点贵呢！"

我没有看珠宝的眼光，完全看不出所以然来，但姊姊说得笃定，对一脸遗憾的她说：

"下次我会帮你留意更好的。过一阵子一定会托人带到东京给你，你就等一等吧。买珠宝急不得的。"

姊姊的话和母亲的叮咛一模一样，而姊姊的话也没说错。翌年她便托朋友送来了一对和当时金额相当、质量却远远优于当初的翡翠耳环。

姊姊在阳台的茶几上学会了品评珠宝的好坏，以及高超又愉快的杀价技巧，买起东西来相当精明。

我不知道现代卖珠宝的女性们如何，但以前珠宝婆随身携带的，并不只有宝石。家家户户的大小事、自家引以为傲的兰花开花的情况、孩子们的成长情形等社交讯息，自然不在话下；珠宝箱最下面一层抽屉里装的，某种程度可说比珠宝更重要。珠宝婆之所以处处受欢迎，或许这才是真正的原因。最下面的抽屉里是好几张红纸。只听她边说小姐出落得好标致啊，或是少爷真是一表人才，然后说着"这几位您看怎么样呢？"便选出三四张纸。每张红色纸上各自写着适龄男女的名字、家世、学历，等等。接着她便说："如果您觉得不错，我去要照片吧？"

在珠宝婆嘴里，公子、千金个个都是万中选一，口才果真了得。她毕竟对每户人家的背景了解透彻，看得准双方是否门当户对、合不合得来，即使把她说的话打个对折，被配对的亲事也有慎重考虑的价值。吾家儿女初长成的人家自然关心，年幼的孩子、孙子将来也用得到，因此无法置之度外。虽然当时我年纪还小，不知道亲事跟珠宝一样，都是需要耐着性子精挑细选的。

放学回来，一听说珠宝婆来了，我便会雀跃地奔向母亲的房间。因为在那里不仅有绚烂夺目的珠宝、令人不禁竖起耳朵听的嫁娶亲事，还有比平常更丰盛的点心。我最喜欢的点心是"万川"的包子，那可不是经常吃得到的。但是既然珠宝婆来了，搞不好母亲会差车夫旺盛上街去买呢！万川这家店是做饺子和肉包的，尤其是肉包，堪称台南第一。万川的肉包和万川隔壁店家卖的卤鸭翅，对我来说是最棒、最豪华的点心。

平常大人不给我们吃甜的点心。每天固定给我们吃的是炒鸡翅或水饺，配上院子里的水果。后院一角是果园，由于地处南国，终年有吃不完的。味道略似苹果的莲雾，切口有如星星的杨桃，都是日本没有的。这两种水果皮都非常薄，洗净后带皮吃。除此之外，还有芒果、荔枝、香蕉，等等，种类和口味都很丰富。擅长爬树的旺盛负责摘水果。这些果树都相当高，旺盛将篮子挂在手臂上，一溜烟地爬上去，挑选当天熟得最恰到好处的摘下来。假如我们一时疏忽找了别人去摘，旺盛就会非常不高兴。他会大发脾气，说别人爬树太粗鲁，震得果实掉下来，要不就是果实还没熟透就摘下来。他可是会气得直冒青筋，一点儿也不像在对小孩子生气，所以我们都会吓得乖乖的，个个向他道歉："对不起，下次我们一定会请旺盛摘。"或说："我们不会再找别人了。"

　　下午喝茶时，有时候会出现一只全鸡。但不是大家一起吃，而是特别给某个孩子吃的。如果这个孩子吃不完，得到母亲的允许，其他兄弟姊妹也可以共享，否则就只能眼巴巴地看着他吃。不知是否是中医的看法，在我生长的地方，当孩子发育成大人时，也就是男孩子变声、女孩子初潮的前后一两年，每个月会让他们吃几次这种点心。这和一般的烤鸡不同，是一种使用大量的姜烧烤特制的烤全鸡。

　　略以盐、胡椒粉调味后，在鸡腹中塞满姜，外侧也用薄姜片贴满，再去焖烧。当时不像现在有烤箱，所以是在中式炒锅里架上网子，把鸡放进去之后，盖上盖子烧两个钟头。这段时间里必须寸步不离地看顾火候。不知是什么道理，说是要慢慢加稻秆去烧比较好，所以要由一个打杂的女孩子蹲在灶前，一把一把地添火。据说以稻秆烧上两个钟头，姜的药效便会完全渗进鸡肉中。姜与鸡肉的效用相辅相成，对发育期的身体特别有益。吃全鸡多半是基于认为在身体发生变化的时期，有必要好好摄取营养，同时也是让迈入成年的孩子有所自觉的一种仪式吧。吃的人就坐在一只全鸡面前，爱吃多少就撕下来吃。这道菜不切开盛盘，一定是整只鸡撕来吃。珠宝婆三点被招待喝茶的时候，若是遇上这种场面，看到不久前的小鬼头已经到了这个年纪，想必会立刻在她的姻缘簿上添上一笔吧。

　　由于年龄差距大，年龄离我最近的姊姊当时如何，我已不复记忆，但我眼看着为数众多的堂兄弟姊妹陆续被迫吃这道点心。独自一人坐在另一张桌子前，对着一只大大的鸡，对男孩子而言尽管略有些难为情，但正值食欲旺盛的时期，因此仍是开怀大嚼。相较之下，女孩子必须迎接比男孩子更明显的变化，无论如何，头就是抬不起来。这时候若是年纪小的弟弟妹妹们再来取笑一番，就更加难堪了。

　　在我家，吃这道点心的地方就在厨房旁配膳室的桌子上。配膳室形同连接厨房和餐厅的通路房间，因此总是有人经过，不可能偷偷躲起来吃。喜欢淘气的小孩子们，没事也哇啦哇啦地跑来嘲笑。大人们反而考虑到小孩被人盯着看会不好意思，走过时都会刻意撇开眼神。

我们家和哥哥一家生活在一起，家里有年纪和我差不多的侄子、侄女。如果是自己的兄弟姊妹，那也就罢了，但虽然一样是孩子，我终究是他们的姑姑。我绝对不要被小侄子小侄女取笑。

"我才不要吃那道点心呢！"

快轮到我时，我向母亲宣告："要是无论如何都得吃，那就大家一起吃，不然我不要。"

我坚持要由我做东，请其他手足和侄儿、侄女们吃鸡。母亲对女儿强硬的意见哭笑不得，只得连大家的份都算进去，烧了一只特别大的鸡，美味极了。

我还小的时候，除了宴客或特别的日子，平日的饮食和现在相比，要简朴得多。在孩子发育的那两三年，每个月让他们吃这样的点心，我认为就营养学而言，具有重大的意义。然而如今台湾民众的生活却有吃太多、营养过剩的倾向。

想必没有必要特地让孩子吃这种点心了，这项风俗恐怕也已经不存在了。

虽然餐桌上鲜少出现甜食，但我们并非从不吃甜点当点心。当时和现在不同，西点的种类不多，顶多就是母亲和姊姊做给我们的松饼、泡芙，再加上甜甜圈和蜂蜜蛋糕而已。在日本被视为中华点心代表的月饼，在中国是专属于中秋节的甜点，不到农历八月是不卖的。但倒是有几种类似的甜点，虽然不是月饼，一样包有红豆馅。中式红豆馅为了方便保存，要将日本所说的红豆馅用猪油炒过，具有独特的风味。另外还有一种把米爆开来的点心，我想不起来名字了。与其说是想不起来，不如说是连有无名字都不确定。总之大家好像都习惯把这东西叫作"磅米芳"，将米"砰"的一声爆开，比日本的炸仙贝更松软，再拌上热糖浆。我好喜欢拌了糖浆之后外脆内松的口感。街上有店家现做现卖，偶尔母亲会准我们去买。那家店也卖黄豆糕，同样是当天早上现炒豆子做的。虽不像日本的落雁糕可以保存多日，但那是一种可以品尝现炒豆香的甜点。

说到黄豆做的甜食，绝不能忘记豆花。卖豆花的小贩会在下午正好要吃点心的时候，挑着扁担来卖。一前一后的桶子可以保温。大概是双重构造，下层有炭火吧，桶子里总是暖呼呼的，盖子一掀，一阵温热的香味便会扑鼻而来。豆花可以说是豆腐甜点，又白又嫩，但比豆腐软得多。以勺子舀起放进盘子里，淋上蜂蜜和冰糖熬的糖浆来吃。我想做法多半和豆腐差不多。只不过即使现在来做，恐怕也很难做出和当年一样朴实又有营养的味道了。因为当作原料的黄豆本身便已和往日不同，该说找不到有黄豆味的黄豆了吗？黄豆似乎已经失去真正的风味了。

装在保温桶里挑到街上卖的点心，可不止豆花。有将杏仁粉溶在水里加热煮沸的甜饮品[1]，还有粉圆和用炒过的米做成的米奶。

和日本的炒大麦粉又有所不同，茶色而且浓稠的米奶是有焦香风味的米制饮品。粉圆则是以树薯根的淀粉揉制成珍珠大小的丸子煮成的，一颗颗透明滑润的珠子，得淋上糖蜜来吃。假如是现在，我想一定是冰得凉凉的来吃，但当时即使是夏天，我们也吃热的。毕竟那是

---

[1] 译注：杏仁茶。

个没有冰箱的时代，人们不太会把东西弄凉了才吃。而且从卫生的角度来考虑，挑着担子到处卖的东西，还是热热的吃比较好，吃的人也认为东西应该是热的。

豆花和米奶都是普通话发音，闽南语念作"倒灰"、"米淋"。

"倒灰——倒灰——"

"米淋——米淋——"

只要听到外面传来挑担小贩的叫卖声，我就坐不住了。

"妈，好不好？人家好想吃嘛。"

这些都是家里厨房会做给我们吃的东西，但还是会想买街上卖的来吃。叫卖声诱使我向母亲恳求，几次里总有一次会得到允许："好吧，偶尔也买来大家一起吃吧。"于是马上就有人端着锅子去买。但其实，这种东西应该是要直接在路边吃的。

扁担上除了桶子，还串着十来个竹编的小凳子。小贩在方便做生意的街角放下桶子，将小凳子往四周一摆，闻声而来的人们便上前去："来一碗。"从附近人家走出来的人和路过的行人轮流坐在小竹凳上，从热气蒸腾的碗里啜饮甜品。路上有人聚在一起吃东西的景象实在太有趣了，让我好生羡慕。但家里严禁我们在外面吃东西，我们只能从锅里分盛买来的东西，乖乖在家里吃。

小贩做了一阵子生意，便又挑起扁担，"米淋——米淋——"地走向下一个街角。相对于日本的好炖[1]摊和拉面摊从傍晚卖到深夜的情景，这边则是白天做生意。日本摊贩专做男人的生意，飘散着牢骚与叹息，还有浓浓的人生哀愁味儿，台南的小贩则没有那样的阴影。无论男女老少，都是一屁股蹲坐在小竹凳上，享受片刻的点心时光。

---

[1]　编注：即关东煮。

大男人白天在街角吃点心的光景，在日本恐怕很难想象。但在台南市晴朗的蓝天下，响起阵阵悠闲的叫卖声，整座城市充满了南国特有的开朗气氛，不为小事而发愁。生活在这里的人们，从家里的餐桌到菜市场里的小饭馆，乃至于街角的甜品摊，无不尽情享用，乐在其中。

　　在我四五岁之前，我们一家还住在台南市中心。那时候我们家是栋大楼，也兼作父亲的公司。居家是在二楼，厨房的窗户面向狭窄的后巷，窗下会有卖东西的人陆续经过。一大清早经过的是卖茉莉花的卖花女。台南的妇女早上梳发髻时，一定会买茉莉花来装点自己。花一天就枯了，因此每天早上卖花女都会上门。唯独卖花这件事是女人的工作，其他卖东西的全都是男人。卖花女走了之后，来的是卖酱油蚬的、卖酱菜的、卖早上现捞清烫的贝类。听说战前日本清早也有人叫卖纳豆，或许就是那种感觉吧。这些都是每户人家早餐餐桌上的东西。

　　到了中午，就有人挑着立即可食的午餐经过，好比米粉汤、加了猪血的青菜汤、好几种咸粥和清粥，等等。下午则是卖点心甜品。晚上一样也有卖肉包的、卖水果的。卖水果的扁担两头挑着装了冰块的玻璃盒，里面是一盘盘作为甜点的综合水果拼盘。卖杏仁豆腐的也来了，附近人家纷纷出来买个一碗两碗。巴着厨房窗口俯瞰下面经过的小贩，一整天也看不腻。我从小就喜欢厨房，动不动就找借口窝在里面，还真的曾经看着楼下过一整天。

　　夜深之后，行人绝迹的城里还是有小贩走动，他们卖的是整套下酒菜。有烤鸡、卤鲨鱼肉、水煮螃蟹、肉丸……听说有这些菜色。当

台南市西门路三段与成功路口的辛家老宅
最早是台湾轻铁株式会社，后改为兴南客运，现为华南银行

时还是孩子的我早已入睡，所以不知道，但我家似乎是这深夜小贩的老主顾。父亲往往工作到深夜，在调查或书写告一段落之后，便会召集一家人，吃吃喝喝休息一个钟头。那时候厨师已经回家了，厨房的女人们也休息了，因此是由跟着父亲直到工作做完的男秘书到外面去买几道菜回来。当时应该还是新婚的嫂嫂说："那真的有点辛苦呢。大概是十一点吧，正要上床睡觉，秘书就来敲门，说爸爸在书房等，问大家要不要吃点东西。"姊姊也在一旁说："现在想起来真的是人在福中不知福，可是那时候真的很想睡啊！不过爸爸心情都会很好，因为可以在一天的最后看到大家到齐，给大家吃好吃的。"

当时我还是个小毛头，那样的场合轮不到我去。不过每次听姊姊、嫂嫂说起来，眼前都会出现那些美食的画面，还有父亲不顾大家为难、将家人聚在一起而开心的笑容。怎么都不叫我呢？就算一次也好啊。

厨房窗口总是挂着一个大笼子，那是向经过楼下的小贩买东西时省得下楼的工具。用的时候叫住小贩，把钱和器皿放在笼子里放下去，请他们把豆花或粉圆装进去。要拉起一整锅香嫩豆花又不溢出来，可得花一番功夫。看婆婆一脸认真，小心翼翼地一寸寸拉绳子，真是有趣极了。

每当有小贩经过，我便吵着："买啦！买啦！"尽管大家嫌我碍事，我还是经常泡在厨房里玩，所以厨房的人吃点心，我也常有机会背着母亲分一杯羹。因为我太喜欢看放笼子，特别疼我的阿锦婆还会自掏腰包买豆花和米奶给我吃。到了我五六岁的时候，我们搬到郊外名为"安闲园"的大宅。搬到安闲园之后，小贩的叫卖声也离我们远去。但偶尔很想吃的时候，便会差旺盛去买，或是要司机林先生开着黑色的私家用车，载着锅子到城里去买。

午后的阳光西斜了。茶壶和水果盘也差不多空了。珠宝婆仍是没完没了地自吹自擂曾撮合过多少姻缘，每一对夫妻都幸福得不得了。母亲边做女红边附和。嫂嫂和姊姊们选珠宝首饰好像也有了腹案，内心开始各自盘算，接下来该怎么向母亲或丈夫们讨东西。难得提早回家的父亲经过走廊，一看到阳台上的珠宝婆，便一副打扰了好事、过意不去似的样子，神色尴尬地匆匆离去。既然父亲回来了，女人、孩子的午茶时间也该结束了。

珠宝婆为了把话说完，一面忙着说，一面收拾摊在桌上的红纸和珠宝。只见她随手拾起杯盘间的珠宝便放进抽屉，既不一一查看，也不清点数目。嘴巴顾着说话，只有动手把东西收进抽屉里，真令人佩服她竟然不会出错。在省略了许多情节、终于将长长的故事说完时，珠宝箱已经完全收拾好，恢复原样了。我还在为她变魔术般的快动作咋舌呢，她便"嘿咻"一声抬起她的肥臀，说着："我也会赶快帮小姐找到好女婿的。那么各位，下回再见了。"

然后和来时一样，摇晃着大箱子，咚咚有声地踩着高跟鞋回去了。

珠宝婆们带着珠宝和亲事串门子，一直持续到什么时候呢？战争结束，悠闲的时代不知何时已成为遥远的过去。当我终于到了适婚年龄时，却没人将我的名字写在红纸上了。而名字被列在珠宝婆红纸上的人们，可都拥有了幸福的婚姻？

姜味烤鸡的做法

这道料理可能是为了培养即将迎接青春期的孩子的体力所设计的，每个孩子都要吃上一整只使用大量的姜做出来的烤鸡。用烤箱烤十分简单，但这里为大家介绍的是以往用中式炒锅的烤法。家里不能烧稻秆，以瓦斯炉烧烤即可。

材料：鸡一只（约二公斤），姜五百克，盐二杯。

做法：

1. 以二至三大匙盐涂满鸡内外侧，加以揉擦入味。

2. 姜洗净，连皮切成薄片，先将鸡的腹腔塞满。

3. 将其余的盐铺在中式炒锅锅底，铺上铁网。再将鸡放在铁网上，将其余的姜片贴满鸡皮，直到看不见鸡皮。

4. 盖上厚锅盖，以小火慢慢蒸烤二小时。

说明：

只用盐和生姜简单调味，因此鸡本身是否可口就很重要。可以的话，最好用粗盐。姜要切得够薄，否则无法贴在鸡皮上。锅底之所以铺上大量的盐，多半是为了让鸡油滴落时产生含有盐分的蒸气（之类的气体），好让鸡肉更加可口吧。

父亲的生日

不知道为什么，小时候熬夜到十二点不睡觉怎么会那么难呢？九十点的时候，还为了能够这么晚不必上床而高兴得吵吵闹闹，但一过十一点，就忍不住打起瞌睡来。为了撑着不睡，还拼命盯着时钟的指针。若是在平常，这个时间我们早就被赶进寝室大睡特睡了。

在我家，孩子们一年有两天可以到半夜还不睡觉。一天是除夕跨年的晚上，这一晚日本的孩子也不睡，忍耐到听见除夕夜的钟声。而在我生长的故乡，还有一天，就是家长生日的前一晚。

在中国有盛大庆祝家长生日的习惯，这一天，已独立建立家庭的儿子和出嫁的女儿也都会赶回来。无论住得多远，人们都会在这一天回家团聚，祝福父亲健康长寿，并祈求一家平安繁荣。为家长贺寿的仪式，从当天午夜零时佛堂前的礼拜开始。

只有人事不知的幼儿能例外，其他人只要到了懂事的年纪，即使已经睡着，半夜也会被叫起床，然后带到佛堂。我上小学的时候，内心暗自发誓：

"我一定不要睡。"

大人这样取笑我："很困吧？""你可以去睡呀！"

我更是非张大眼睛对抗不可。快到午夜时，女人们会去洗澡。她们洗去每一寸肌肤的脏污，将自己洗得干干净净。还要洗头，再换上全新的衣服，在头发上插上芳香的茉莉花。到了十二点，不，到了当天午夜零时，父亲以外的所有家人都齐聚于佛堂。佛堂不开电灯，点起蜡烛，红艳艳的火光照亮了好多花和水果。而这一夜，女人身上所穿戴的珠宝更是极尽奢华之能事。中国人非常重视珠宝，因此堪称传家宝的珠宝会由母亲传给女儿，代代相传。而像家长寿辰这样的大日子，便要穿戴起这些首饰，盛装打扮。嫂嫂们各自戴上从娘家带来的珠宝，母亲和姊姊们也戴上压箱宝。佛坛的烛光，加上项链、耳环、戒指的珠光，佛堂简直满室光华。长大之后，我也会穿戴那么美丽的珠宝吗？向往与好奇让我兴奋不已。

母亲跪在佛坛前红色丝绒绷着的跪垫上低声诵经，我们则一个个跪在红色的小座垫上，向神明、佛祖和祖先祈祷。我在心中默念母亲所教的话："感谢父亲向来平安，往后也请神佛祖先继续保佑父亲。"深夜里，跟着大人一起祷祝，不知不觉心情也虔敬起来。好像自己也突然变成了大人，感觉好高兴。虔诚礼拜过后，熄了蜡烛，撤下供品，吃点面当作垫胃的消夜，时钟的指针已超过两点了。

隔天早上照常起床。盥洗穿衣后在餐厅吃完早饭，不久就会有人到处通知：

"父亲已经进佛堂了。"

"父亲已经坐好了。"

一听到这些话，就必须赶到佛堂集合。无论是饭吃到一半的，还是事情做到一半的，都得立刻放手到佛堂去。佛堂一早便已打扫擦拭得一尘不染，供上了新的鲜花水果。这一天，父亲依照每天早上的惯例，一起床便独自待在佛堂礼佛。随后在自己房间用过早餐后，才又来到佛堂。

背对佛坛的黑檀大椅上铺了红绸，父亲坐在上面，母亲站在他

辛永清的父亲辛西淮

身旁。在佛堂集合的家人，由长至幼依序到父亲面前，跪在红绸跪垫上，向父亲祝寿。从大哥大嫂、大姊大姊夫开始，紧接着是哥哥姊姊等许多对夫妇，然后是我、妹妹、侄子、侄女依序上前。最后，最小的小婴儿由母亲抱着出来，由母亲代为祝寿。

祝寿的吉祥话必须是如诗般优美的韵文。小时候是将母亲所教的话记起来，直接背诵，但等到自己会作文的年纪，便绞尽脑汁拼命地想。对孩子而言，这可是一件大事，是父亲欢乐寿辰中的最大难关。家里会作诗的，好几天前便开始准备，献上精雕细琢的贺词。嫁到大陆的二姊，在我们兄弟姊妹中最有文才，经常写出浪漫的诗。听说她在父亲寿辰上的贺词总是悦耳动听，好词佳句不断。相对的，我实在说不上会写文章，于是不怎么讲究，将诸如"恭贺爸爸寿辰，祝您健康长寿"的内容简单直白地串起来。但是只要靠自己想出这些吉祥话，就能得到家人的认同："你也长大了啊。"

对于家人的祝贺，父亲则是一一报以祝福，并且给我们装了钱的小红纸袋。父亲多半是对我这样说：

"你要当一个人见人爱的好女孩。"

"你身体弱，要多加注意，把身体养好。"

以红纸折成的纸袋叫作"红包"，里面的金额换算成现在来说，大概是小学生两三千日元，初、高中生四五千日元吧。红包里有几张折得小小的纸钞。至于已迈入壮年、各自当起"老板"的哥哥，他们红包里有多少钱，我就不知道了。不过这是一种仪式，在我的故乡，子女无论几岁，都能从身为家长的父亲手中同时领到祝福与红包。和日本的压岁钱一样，对小孩子而言，虽然无比期待，但实际上当时有了钱也没处花。我会这么说："帮我存起来哦！"然后马上把钱交给母亲。

母亲一直在父亲身边，看着家人一一上前祝贺领红包。中国的夫妇关系中，母亲不向父亲跪拜，也没有红包可领，但母亲有特别的礼物。父亲每年都会送母亲新戒指或新手镯，以慰劳母亲的辛劳，而且一定亲手为母亲戴上。

在佛堂祝了寿，孩子们便赶着上学。经营公司的哥哥们这一天会将工作排开，一整天都待在家里。即使万不得已必须外出办事，他们顶多也只是出门片刻。在家的家人接下来便会吃寿面。

父亲寿辰一定会吃的这款羹面，用料丰富多彩。为祈求阖家平安长寿，取名为"什锦全家福大面"。我家除夕也是吃这个。先将加了虾米、猪肉、香菇、竹笋、萝卜和胡萝卜的汤勾芡，倒入蛋汁，盖上锅盖。这种羹的特色，是以锅子的余温将蛋焖熟到恰到好处时，再加入面条。算准羹煮好的时间来煮面，刚起锅的热腾腾的面，和着羹一起吃，最是美味。

吃完面便有好几种甜点上桌。有冰糖莲子、花生做的各式点心、芋泥、慈姑球茎饼，等等。每一样都非常可口，但必须千万小心的是，绝不能多吃。因为紧接着就要吃中饭，而晚上还要举行盛大的寿筵。要是一不小心，整天都会吃个不停。

中饭的餐桌上，一定会有猪脚和面线煮的"猪脚汤"。在中国，人们认为食用动物的某一部位可预防人身上该部位的衰老。而人年纪大了，双脚便开始不听使唤，因此习惯食用猪脚来预防老化。我曾听说艾森豪威尔总统夫人做牛尾料理逼年老的总统吃，所以姑且不论"猪脚可预防腿部老化"的真假，一般富含胶质的食物有助于预防老化，看来是真的。

东京贩售的猪脚几乎都只有猪蹄，但台湾则是将前端切掉，卖的是整条猪小腿。做的时候将猪小腿切块，以大量的酒和盐调味，在砂锅里炖到烂。猪脚炖烂了再加面线来吃。而这面线可不普通，头一次吃的人可能会以为被作弄，吃面吃到发脾气。这面线和日本面线的质地并无不同，不同的是长度。这种面不像日本会截短切齐，而是维持面揉好晒干时的长度。平常会折短再煮，但寿辰为祈求长寿，特地不折直接煮。煮这种面不容易，而以大盆端上桌时，各自要取面更是得费上一番工夫。坐在椅子上是夹不起来的，非得站起来不可。而且，光靠自己一个人夹不起来，需要旁边好几个人来帮忙。原本好几个人伸筷子夹同一个东西，在餐桌上很失礼，唯有这时候可以豁免，一群人挤在一起，七手八脚地把面给拉出来。筷子夹起来的面也才两三条，但是整条拉出来之后，一个人吃这么两三条也就绰绰有余了。在为每个人分好面条之前，餐桌上都要热闹一阵子。但是，清爽的盐味炖透进猪脚，骨头四周几乎化开的胶质，加上面线滑溜的口感，美味难以形容，是寿筵上不可或缺的一道菜。

父亲晚年时，中饭经常出现"糖醋猪脑"。人年纪大了，便担心头脑不灵光，因此除了猪脚之外，也要吃猪脑。猪脑是大概可托在手心的大小，外表覆着一层薄膜。当完整取出的猪脑送到家里，便用竹签以卷动的方式仔细剥除薄膜，要小心不能让猪脑有所损伤。薄膜之下的猪脑呈现柔软的乳白色，处处可见细细的血丝，十分美丽。脑是由几个部分组合起来的，去膜之后，组织便会松动，容易垮掉。蒸整副猪脑时，放进蒸笼的手法要轻，否则猪脑会四分五裂。但"糖醋猪脑"这道菜则是将猪脑油炸后勾糖醋芡，因此要小心地将猪脑依不同的部位分开，切成方便入口的大小。一大块脑大约切成六小块，裹上面衣来炸。由于猪脑非常细嫩，整个料理过程都要非常小心。与其以豆腐来比拟，不如想成鱼白更为贴切。美丽的乳白色在煮熟后依然不变。滋味之浓郁，虽然不确定这样比较是否妥当，但我个人认为比鱼子酱好吃多了。外侧的面衣炸成酥脆的金黄色，内侧则是雪白柔滑。裹上一层薄而高雅的糖醋酱来吃，是最高级的美食。

日本很难找到猪脑，因此我几乎已经放弃烹调猪脑了。愿意采集猪脑的业者也很少，似乎只接受法国餐厅的订单，像我这样的个人买家实在拿不到货。但是，最近我终于打听到买猪脑的通路，正满心期待着以后也能在东京家里吃到猪脑料理。

由于一早便有种种庆祝仪式，生日当天的中饭经常会比较晚开动。用完迟来的中饭后，也没有时间休息，必须加紧准备晚宴。时间对中国人而言似乎完全不成问题，发出"请六点入席"的请帖，来得早的人四点多就到了，以便在宴席前喝个茶，慢慢聊。而晚到的人直到六点半、七点了都还不现身，得打两三次电话催促，派人力车、轿车去接，才总算劳动大驾。他们并不是不想来，而是习于执"三顾之礼"后，再应邀出席。

宴会邀请了亲戚及大批朋友知交。父亲交游广阔，因此客人动辄上百，有时候甚至多达两百人。这么一来，即使母亲和家厨厨艺再怎么高超，也应付不来，于是会请镇上素有来往的餐厅来帮忙。有一年还别出心裁，改吃素斋，请了做素斋赫赫有名的尼庵里的几位尼僧前来料理。

父亲的生日是农历一月九日，在台南天气已经不那么冷了。只要天气不错，宴席多半会设在庭院里。一场百人宴会，十人或十二人座的圆桌就得摆上十桌。铺上雪白的桌巾，依人数摆好碗筷，点缀上一人一份的小小花饰。那是一小朵玫瑰或菊花，再配上绿叶，小巧可爱，而做这些花饰便是小孩子的工作。在切成圆块的香蕉茎上，依自己的喜好搭配裁短的花草。转换成现在的话语，大概就叫作花艺吧。香蕉茎正如同海绵一样富含水分，用来当底座再适合不过了。底座包上漂亮的布便完成了。我从学校放学回来，便和帮忙打杂的人一起忙着做这些东西。

到了客人快来的时候，家里的人便会依照分配的任务各就各位。有的站在门口大声喊"某某先生女士到"；有人听到通报，就跑进房间通知家人；有人引导交通；有人负责管行李；有人负责与厨房联络，不一而足。光靠平常家里的人还不够。每当要举办宴席时，都会拜托在家里帮忙的人，请他们亲戚中乖巧伶俐的年轻人来帮忙。这些年轻人，将来都会接替父母或叔伯姨婶到家里工作。一得到客人抵达的通知，父母或兄嫂就会到客人下车的前廊迎接。我们小孩子若是到了能够待客的年纪，也会和嫂嫂、姊姊一样，在开宴前陪客人聊天，或是带客人欣赏庭园。

执"三顾之礼"后迎来的客人终于抵达，宴会正式开始。这时最早也已经七点了，有时候甚至会到七点半。光是等客人到齐，至少就要花上整整三个钟头。

以前的宴会没有所谓的自助餐形式，一定都是就座等餐的，但中国人的宴会热闹非凡，没有人会坐在位子上不动。花园宴会的情况更是如此，宾客在餐桌间来来去去，自由走动联欢。也有些社交人士会出声说"可以借坐个十分钟吗"，然后这样一张餐桌换过一张。

宴请的菜色，是家厨与母亲花上好几天构思的。每年费尽心思拟定的菜单，总是获得客人的好评。现在回想起来，我认为辛家的每场宴会总是圆满成功的。整套菜色年年不同，但一定会出现什锦全家福大面和寿桃。什锦全家福大面是每逢喜事都会吃的面，这天早上也吃过。寿桃则是配有绿色叶子的粉红色小豆沙包，是在用餐最后上桌的甜点。据说很久很久以前，仙人吃了传说中的仙桃而长生不老，这豆沙包便是由此而来，成为寿筵的最后一道菜。虽然没有特别不同的味道，但和平时吃的豆沙包就是不一样，吃起来特别美味。

宴会结束，绝大多数的客人都走了。但是，家里、院子里还有许多尚未尽兴的客人。聊上好几个钟头还嫌不够的婶婶阿姨们，围绕着钢琴唱歌的音乐组，"哗啦啦"洗着牌的麻将组，各自成群，一路热闹到深夜。

宴会后的麻将，依照惯例是彻夜打到天亮，但奇怪的是，我家人几乎不会参与。父亲是中国人当中罕见的不打麻将的人，虽不特别禁止孩子打牌，但三个哥哥也不打。唯一的例外是母亲。母亲温婉娴静，什么事都躲在父亲背后，但唯独麻将例外，父亲回房休息后，仍留在客厅持续方城之战。

我们姊妹混在音乐组里玩到很晚，散会后回房时，麻将组还有好几桌在洗牌，看样子才刚入佳境。

"妈，我们先去睡了。"经过时，我向母亲说上一声。

"哎呀，已经这么晚了？早点上床哦……我们还没结束呢。再一会儿就好了，再一会儿。"

母亲露出不同于平常的淘气表情笑着。母亲平日衣着朴素，只穿白、灰、藏青等棉、麻质料的衣服，但在宴会当晚会穿上光泽柔软的礼服。虽然是自己的母亲，那样的她却美得让我看得出神。母亲在麻将桌下跷起了脚，旗袍衩露出纤细美丽的腿，令人目眩。仿佛坐在那里的是不同于平日的另一个母亲。

小时候，我觉得母亲一打麻将就变了，所以讨厌母亲打麻将。也许麻将便是如此引人入胜的牌局，但由于年幼时所感觉到的孤单，我至今仍不喜欢麻将。

无论如何，麻将之会一定是通宵达旦。第二天起床去向母亲请安时，客人才刚要走，等了一晚的轿车总算驶出大门。母亲则早一步脱下礼服，换上朴实无华的家居服，丝毫不见熬夜的倦容，露出仿佛才刚起床的清爽笑靥，展开早上的工作。只见她踏着一如往常的轻快步伐走进庭院，依照她一大早的习惯，去巡视花园和菜园。

我长大的地方，是一座绿意盎然的美丽庄园，名为"安闲园"。在广大的庄园里，有我们的家，还有已经成家的几位哥哥的住家，彼此间的距离只要走个四五分钟路就可抵达。大门到门廊之间的前庭，以假山和水池为中心，有好几组奇石造景，既有瀑布，也有喷泉，是一

辛永清（后排中）辛永秀（后排右二）
摄于安闲园的美丽庭园，也是辛家最常拍照的地点

座风格别具的美丽庭园。凉亭旁有母亲悉心照顾的兰花园和玫瑰园。覆盖着绿油油草皮山丘的后方，则是茂密的热带树木，宛如丛林。

与工整、美丽、宁静的前庭形成对照，房子后面是一大片令人误以为是农家的菜园。那里盖了猪舍、鸡舍、火鸡寮，马厩里不时传来高亢的马嘶。隔着果树林和竹林，隐约可见园丁、车夫和长工居住的小屋。

这里本来是辛家郊外的别墅，喜爱庭园布置的父亲花了好几年整理，在我五六岁时，我们才由过去居住的城里搬迁过来。父亲在经营好几家公司的同时，不但参与政治，还倾力办学，因此非常忙碌。但

辛家尚未搬进安闲园前的别墅景致，是辛西淮偷闲享受的地方，宛如世外桃源

辛永清跟爸爸在假日来到安闲园悠闲度日

还住在城里的时候，每个周末他便以带着幼小的我前往安闲园的庭园为乐。有时平静无事，只是巡视巡视庭园，与园丁讨论讨论，捡捡火鸡蛋来做菜；有时则大兴土木，叫来怪手将大石头东搬西移。

平常坐黑头车出门工作的父亲，只有在这个时候会吩咐家里的车夫旺盛拉车，将我抱在膝上，咔嗒咔嗒地一路晃到郊外的安闲园。也许是假日难得的悠闲气氛，适合搭乘这慢吞吞的老式交通工具吧。一个不小心，父亲盖在膝上的毯子就会整个盖到我的下巴，让我闷热得哭丧着脸。盖膝毯似乎是人力车必备的物品，即使是台南太阳大的时候，不知为何也一定要将膝盖包得密不透风。父亲指示园丁做事时，一旁的我便四处玩耍，或是到丛林探险，或是呼唤池子里的鲤鱼。

就这么让旺盛拉着车颠簸了几年，多半是已完成令父亲满意的庭园了吧。我们一家人，以及当时还与父亲这位大家长同住一个屋檐下的三个哥哥三家人，超过二十几人的大家庭，一举迁往安闲园的家。不久，哥哥们也陆续生了孩子，两个哥哥各自在园里建了别墅。我的少女时代便在这个有着美丽前庭与充满活力的后院的家，与大家庭共同度过。一回想起来，至今仍是满怀幸福。

父亲身为实业家、教育家，同时也是政治家，总是令人感觉到他率领大家族的家长风范。如此大格局的父亲，带领着温柔婉约、但对孩子管教甚严的母亲，比我年长许多的姊姊们与妹妹，还有恩爱的哥哥嫂嫂与小侄子小侄女，而家里随时都有一群忠心耿耿的仆人。

厨师大水叔是个很会说故事的大力士，司机林先生圆圆胖胖的，车夫旺盛则是个瘦竹竿。来帮佣的年轻女孩待个几年便会陆续结婚，但上了年纪的婆婆、阿姨倒像是在这个家生了根。阿英姨在我出生很久以前便守了寡，带着孩子来到我们家。而她女儿长大后，也是从我们家出嫁的。阿英名叫英国，但大家习惯在名字前加个"阿"，就像日本叫某某桑、某某将[1] 的昵称，我们是加上"阿"来叫的。来家里帮忙的人个个勤奋，但阿英的勤奋在早上特别惊人。

我们家的早饭通常是白粥，配菜有酱油蚬、煎鱼、煎蛋、炒青菜、豆腐乳，再加上茶和水果。我特别喜欢把豆腐乳拌在粥里吃。虽说广式的粥品是以鸡汤来熬，但我们和日本人一样，都是吃白粥。对中国人而言，有小菜佐餐时，还是吃白粥比较多。豆腐乳是豆腐做成的，和芝士很像。家里有上学的孩子和上班的哥哥，大家吃饭的时间不同，准备好的人就各自到餐厅去吃饭再出门，但只有父亲早上不会

---

[1] 编注："桑"写作さん，是尊称；"将"写作ちゃん，是昵称。

进餐厅。父亲一起床便进佛堂礼佛，接着直接进书房，和带着文件来上班的秘书开始工作。等阅件盖章告一段落，才是父亲的用餐时间。

阿英的工作是端早饭进书房，但只要端进去的时机略有差池，工作时脸色严峻的父亲便会嚷一句"现在不行！"把阿英赶出来。从来没有一次便送成早餐的，每天早上总要送上两三次，每次都得重新热了再端过去。

父亲一直维持午前不碰荤腥、吃早斋的习惯，因此早饭的内容与我们不同，是白粥配卤香菇豆皮、炒青菜、微辣的佃煮[1]豆皮之类的，相当清简，再加上早上刚摘的水果与大把现炒花生。花生是父亲早饭不可或缺的一道，用餐期间不时会吃上几颗。吃完早饭，父亲会将七颗形状完好的花生托在手心，一口气全送进嘴里。虽然不是像西方那样视七为幸运数字，但中文也有"七成八败"这个词，父亲似乎是受到这个词的影响，用花生来讨个当天的好彩头。

在通过七颗花生这一关之前，阿英每天早上不知得端着托盘在厨房与书房间来回多少次。有时候，不管去多少次，时间都不对，阿英完全失去了自信，便会拜托深得父亲喜爱的女秘书来端。即使是父亲视为己出般疼爱的秘书阿秀来端，也不见得能得到"来吃饭吧"的结果，有时候托盘还是原封不动地被退回来。

一天早上，阿英躲在厨房一角默默流泪。

"阿英，怎么啦？"

"今天早上老爷最终没吃饭就出门了。老爷那么忙，不吃饭怎么行呢！会把身体弄坏的。"

阿英拼了命，就是想让父亲好好吃顿饭。

---

[1]　编注：用砂糖和酱油久煮的料理方式。

至于母亲，这时候正来到庭院里，小声哼着歌儿，专心致志地照顾玫瑰、兰花。母亲在其他事情上将父亲服侍得无微不至，唯有早饭这件事例外。因为父亲实在太难伺候了，母亲似乎认为父亲太任性了些，于是把早饭完全交给阿英、阿秀两个人，事不关己般地在花园中漫步。莳花养卉完了，母亲会坐在池畔的大理石椅上，偶尔也会抽抽水烟。看着纤细的母亲跷着脚把玩水烟袋的模样，我总觉得有如一幅画。挂着玉雕蝴蝶与珠饰的银制水烟袋，似乎对什么人的回忆。母亲偶尔抽水烟好像并不是为了抽水烟，而是为了怀念那个人。

阿英的晨间奋斗，并非仅止于父亲的早饭。母亲生下妹妹后，有一段时期身体不好，持续病弱了一阵子。后来久咳不止，到了冬天咳得更厉害，看了医生也不见起色。阿英非常担心，不知从哪里打听到偏方，要母亲一定得试试。那是一种非常奇特的偏方，要将"童子尿泡蛋"做成蛋酒来喝。

把蛋放在三四岁小男童的尿里泡一整晚，翌日早上做成蛋酒来喝。这种疗法的重点是喝完之后还要熟睡一两个钟头。当时哥哥的儿子正值这个岁数。

"来，小少爷，尿尿喽。"

晚上就寝时间一到，阿英便会说着这句话来讨尿。侄子挣扎着不愿就范，但最后还是被按住，取走宝贵的尿液。我们这群孩子就爱看每晚必定上演的这场骚动，总是在一旁围观。

隔天早上天还没亮，阿英便起床，在小锅里加水将冰糖煮沸，打散泡了一整晚尿的蛋，做成热热的蛋酒。凌晨四点，母亲还在睡梦中，房门便会响起轻轻的敲门声，母亲喝过蛋酒会再睡一觉。这个习惯至少持续了一年，母亲的咳嗽不知不觉完全好了。

阿英让母亲喝过蛋酒后，接着便准备早饭以及学童们的便当，然后还有她最大的难关——父亲的早饭。早晨是阿英最忙碌的时候。

　　母亲总说治好咳嗽是阿英的功劳，但同样是阿英找来的五十肩治疗法，似乎就没有什么效验了。母亲过了五十岁，开始说手举不起来的时候，阿英便做了一种以前从来没听说过的汤。

　　这种汤，是把一种说不上是星鳗，也说不上是鳗鱼，长长的、扭来扭去的东西，和一种植物的根一起用酒蒸出来的。长长的东西长得很像星鳗，但比星鳗大得多，我不知道那是什么生物。我想植物的根应该是一种中药，阿英说他们乡下叫作"土龙"，我也不知道这种植物的正式名称是什么。把这不知是星鳗还是鳗鱼的生物，活生生地放进瓮里，加上土龙和酒，蒸好之后喝汤吃肉，据说能治五十肩。但是，母亲没说过这东西好不好吃，也没说过肩膀治好了。童子尿泡蛋的蛋酒也好，没见过的汤也好，说迷信是迷信，但有很多人流传这种有别于正统中医的民间疗法。忠心的阿英一听说，便不辞辛劳地为母亲调制。母亲身体复元之后，我们一大家子没有人生大病，度过了无病无灾的日子。

　　在安闲园这美丽的家园里，与健康有活力的父亲一同吃过的寿筵料理，是多么美味、多么快乐啊。二十几个家人，每个人脸上都充满了喜悦和光辉。家长健在是一家人幸福繁荣的象征，也是每个家人的喜悦。父亲算是严格的家长，但相反的，他对家人的感情也很深。别的人家会为身为大家长的父亲特别准备膳食，或是享用其他家人没有的料理，但我父亲非常讨厌这种事。要是餐桌上出现了难得的东西，一定会问：

　　"大家都有份吗？"

"叫大家现在来一起吃吧。"

若回答"现在没有那么多",父亲会说"那就不用了",便不肯吃了。由于是大家庭,要人人有份,所需的分量可不小。母亲费心弄到贵重的东西,认为给年轻人吃太浪费,只求给父亲一人吃上一口,但父亲总是坚持既然不能大家一起吃,就绝对不肯吃。

每当父亲寿辰将近,母亲便用心搜集燕窝。父亲爱吃蒸得甜甜的燕窝,因此母亲希望寿筵上能端出这道料理。然而,众所周知,燕窝不但昂贵,又非常稀有,买不到想要的数量。有好几年即使想尽办法,仍筹不到全家人的份。母亲事先叮咛大家:"要假装吃哦。"父亲环视餐桌,说声:"好,大家都有了吧。"然后开心享用。坐在父亲左右的人一定要有,但坐在大桌另一端的我们只有一点点。不,有时候几乎没有,还是将碗端到嘴边,假装一口接一口地吃着。

蒸得甜甜的"冰糖燕窝"只消几秒钟便能吃下肚,但要做这道菜,从事前准备算起,要花上整整二十四个钟头,是一道非常花工夫的料理。现在在中药店买的燕窝,拿出来的都是已经挑净羽毛的,但以前送来的可是整窝带毛的,得泡在水里半天。准备五六个装了水的大盆,每盆水前面坐一个人。因为这项工作非常耗手工,我们一定会被叫去坐在厨房。头一盆的人把燕窝的毛大致挑掉,放进下一盆。第二盆的人再寻一次把毛除掉,交给下一个。经过第三、第四个,轮到第五个的时候,已经很干净,几乎没有毛了。而最后一个人,必须把燕窝挑到连一根毛、一点杂质都没有才行。这是极需耐心、极耗神的工作。经过这些手续处理好的燕窝,放进盛了水的陶锅里,加入冰糖慢蒸。要以文火蒸上七八个小时,在那个没有瓦斯、电锅的时代,光是以看火而论,就不能不说这是道累人的料理。如今即使上菜色丰富的馆子,也几乎看不到了。有时候我们"吃"的是空碗,但有时候也会吃到这道微甜、清淡，却又令人感到深奥莫名的料理。如今，我认为那是好日子、好年头的味道。

　　父亲在我高三那年的冬天去世。那时我参加了两天一夜的毕业旅行，去到台湾的最南端。回来时，却没有轿车来车站接我。父亲的黑头大车车号是"二九〇"，平常几乎是他专用，但我们搭火车旅行时，胖胖的身躯穿着两件式深蓝色制服的司机林先生，便会开车接送我们到车站。父亲非常守时，因此林先生总是提早将车开来，从来没有晚到过。从毕业旅行回来时，接送的车子没来，我并没有立刻想到是出事了，但也觉得纳闷而不安。当天我是怎么回到家的已经不复记忆，但当时车站前有很多改良的人力车在候客，所以我想我是搭这种车回家的。

　　一到家附近，便看到一排长长的轿车。有亲戚朋友家的车，也有没看过的车，排成一整列。我立刻感觉到出事了。人都已经到了门口，却不敢进去。明明是自己的家，我却去问某辆刚好把车停在那里的司机，问这家发生了什么事，才知道父亲去世了。由于事情太过突然，我连眼泪都流不出来，躲着母亲、手足和佣人，径自回到自己的房间。好一阵子只是发呆。

　　父亲一直很健康。他体格高壮，虽然略胖了些，但从来没有任何异状，也不见衰老，日常生活不拘小节。前一天，我因为毕业旅行必须一大早出门，大概是清晨四点吧，临出门时依照惯例去向父亲请安。母亲制止了我："你爸爸还在睡，就免了吧。"我没向父亲告别，就让林先生送我到车站。那是个台南少有的寒冷清晨，刮着强风。据说父亲醒来后听母亲说我出发了，还担心体弱的我，非常不高兴地说："这么冷的天，不该让她出门的。"

那时候台南市好像是因为缺水吧，所以电力不足，晚上七点到八点停电的状况一连持续了好几年。在我们家，为了愉快地度过这段停电的时间，养成了全家聚在一个房间听故事的习惯。父亲、母亲，我和妹妹，哥哥、嫂嫂的孩子们，就连帮佣的女人都聚在客厅，由擅长朗读的王爷爷每天为我们读有趣的书。

被我们称为"亲家"、头顶光溜溜的王爷爷，是嫁到大陆的姊姊的公公。他是有名的眼科医生，当时离开政局不安的大陆，住在我们台南的家。王爷爷几乎一整天都在看书中度过，与夫人两个人静静度日。他一直无法返回留在广州的医院，后来放弃返乡，在台湾开业。在那之前的五年他都待在我们家，几乎算是我们家的主治医师。

亲家是个了不起的朗读高手。在没有电灯的房间里，烛火摇曳，客厅被昏暗温暖的光晕包围。听亲家的朗读，仿佛连出场人物的气息都听得到，让我们忘了时间，掉进了书中世界。每个人都听得出神，一个钟头过去了，电灯一亮，大家异口同声地说：

"今天停电真的有一个钟头吗？"

"会不会是弄错，只有三十分钟？"

然后读书的、缝衣服的、进厨房的，不情不愿地各自回到自己的岗位。我记得当时王爷爷给我们读的是《三国演义》。

我去毕业旅行当晚，家里也是这样一家人聚在一起，听着《三国演义》。刘备、关羽、张飞各显神通，当晚的故事该是多么有趣啊！大家一定专心聆听，像平常一样度过了愉快的时光。

电灯亮了，合上书本。父亲放松地靠在大沙发里，闭着眼睛，面露微笑。"是不是有点累了呀？"母亲说她是这么想的。父亲好像睡着了一样，然后就再也没有睁开眼睛了。父亲已经踏上了另一段旅程，就在家人团圆共享天伦的时刻。

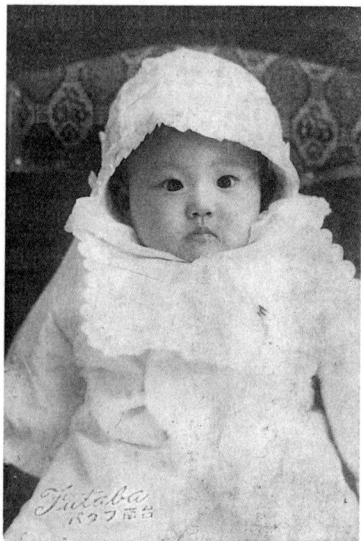

辛永清的婴儿照

父亲的死讯并未传到我毕业旅行的地点。母亲大可以打电话、电报通知，但她没有这么做。她是担心即使通知了，我也未必能够提早结束旅行，比同学早一步回来。也担心一旦通知我，我就必须怀着父亲去世的悲伤，独自走过本应快乐的毕业旅行回程，因而故意不通知。车子没有来车站接我，只是因为司机出来得晚，与我错过了。迟到是从来没发生过的事，可见得父亲突然离世，家中有多么混乱。而我，竟然是从别人家陌生的司机口中得知自己父亲的死讯。

　　我是父亲步入老年之后才出生的女儿，是继三个哥哥、四个姊姊之后的老八。最小的姊姊比我大十二岁。有好长一段时间，这个姊姊一直被视为老幺，这时我却意外诞生，之后又生了一个妹妹，她才是真正的老幺。母亲生下我时已经四十岁了，而父亲又比母亲年长十七岁，因此我父亲的年纪和一般人的祖父相当。父亲名叫辛西淮。我记得日本人都以日文汉字的音读[1]来叫他。在日据时代末期，他曾任台

[1]　编注：日语汉字按汉语的发音读出来称为"音读"。如果只取汉字的意义，按日语发音读，称为"训读"。

湾总督府要职。

　　但是，父亲本来不是从事政治的人，而是做实业的人。在交通不便的土地上开路，在没有桥梁的河川上架桥，铺设轻轨铁路载人（后来轻轨铁路改为公交车路线）。父亲还为某个村庄建了小学。当台湾刚被日本占领时，各地频频发生暴动，这个村庄据说抵抗最为激烈，因此长久以来都不许建校，以示惩治。但父亲召集有志之士，投入私有资金，为孩子们建立了学校。

　　父亲大胆地在策动反殖民主义的村庄兴学，日方却强力邀请父亲加入总督府，想必一定有其政治理由。父亲与祖母均为此大为苦恼。祖母常说："祖先以往于朝廷担任要职。"生于这样的家庭，要站上协助异国殖民政策的立场，父亲自然裹足不前。据说当时祖母又说了："有时人是无法违抗历史的。"父亲告诉我们，他是考虑到如何在巨大的历史旋涡中保护人们这一点，才踏进总督府的。父亲在总督府最后的职位是最高政治顾问。

　　父亲的双亲，也就是我的祖父母，是福建人。父亲出生时，时值清朝末年，政治社会紊乱。于政治对立日渐严重的局面中，祖父母带着年幼的父亲渡海来台。他们将儿子的健康苗壮与香火的传承延续寄托于新天地。然而，身为家长的祖父早亡，台湾被日本占领，可想而知，父亲的前半生定然吃了许多苦。我出生得晚，不识年轻时的父亲。告诉众人大陆见闻的祖母也早已离世，无缘得见，因此我没有资格描述辛家代代祖先。那不该由只听得一言半语的我来述说。我所见所闻的，是日本纪元昭和十年（1935）之后的事。

　　父亲虽位居殖民地政府要职，却拥有坚强的信念，要以中国人而活，坚强固守中国传统文化。日本强制知识分子弃中文名改日本名，禁止穿着中国服饰与举行中国传统节庆礼俗，但父亲直到最后，仍坚

在辛永清、辛永秀房间正面所拍摄的纪念照
辛西淮（前列左三）与大哥、三哥、二姊夫皆入镜

　　守家名、宗教以及代代相传并引以为傲的传统仪式。不可思议的是，面对父亲如此强势的姿态，日方也没有强制打压，反而爽快应邀参加辛家的传统仪式。好几位位高权重的日本人都出席了，一整天都和大家一样度过。

　　不只是中国人赢不了历史旋涡。日本在太平洋战争中战败后，周遭开始迫害日本人。父亲不惜一切努力来保护日本人。改有几户人家甚至在台南生活了几十年。撤回日本的人们将刀剑等各色各样的物品交由父亲保管，说好了寄放到和平降临，双方可友好往来时。那些都是堪称传家宝的贵重物品吧。战争结束好几年之后，这些东西或者由日本来人取回，或者由台南送过去，各自物归原主。

　　无形的命运，有时会迫使人们陷入悲哀的处境。但父亲说，人们应该彼此亲爱、互相着想。就我所知，父亲对任何人都相待如友。为了不让战败的日本人受到迫害，父亲不知有多么努力啊！

　　而这样的父亲，在战争结束那天哭了。那年三月起，我们便被疏散到一个名为"后营"的村子，距离台南三小时车程。由于台湾的都市开始遭到空袭，父亲的一个大地主朋友便将自家十间左右的空房借给我们暂避，父亲和哥哥们则留守在台南的家里。听说父亲把自己关在佛堂里，哭着说祖国终于回来了，我才知道战争结束带给我们多么深远的意义。当时我是个小学五年级的学生。

　　由于曾任殖民政府要职，战后父亲的处境并不安稳。有一段时期，尽管非常温和，但仍处于一种软禁的状态。约半年才解除拘禁，我们恢复了平静安稳的生活。

　　在家里，父亲是个慈祥而严格的父亲和丈夫。现在的孩子们可能没那个意思却如口头禅般挂在嘴上的"真的吗"，有时候甚至会说"骗人"，但在我的孩提时代，父亲严禁我们说"真的吗"这句话。要是一个不小心，像对朋友般随口说溜了嘴，父亲的脸色便会突然严肃起来，说道："孩子怀疑父母亲说的话，究竟是什么意思？"话语虽然温和，责备却是严厉的。他对母亲也不改其严格。母亲负责接待、管理大批客人、孩子、佣人等，免不了有不周全的地方。母亲也曾因此在我们面前发牢骚，我甚至曾看到她偷偷拭泪。

　　相反的，父亲也有宠爱母亲的一面。他曾当着前来祝寿的两百多名宾客，有如求婚般地送上戒指，给母亲一个惊喜。面对严厉得令人落泪却又意外温柔的父亲，想必母亲也受过不少委屈。对于年长十七岁、严厉、依信念而活的丈夫，尽管有时饮泣，仍敬爱不已。在这样一个丈夫身边，母亲本身也以中国传统为傲。母亲从未穿过洋装，终生都穿旗袍。身旁的朋友都烫了头发，换上时髦的发型，母亲却一次也没剪过她的及腰长发，当然也没烫过。母亲总是扎起长发，绾成不及肩的髻，那一头乌溜溜、找不到一根分叉的黑发，从未梳过传统以外的发型。

父亲体格好，特别适合穿燕尾服、戴大礼帽。那个时代，凡是参加正式社交聚会和典礼，男性都必须穿燕尾服、戴大礼帽，因此父亲也有几套，需要时便正装出门。父亲去世后，母亲还是将这些正式礼服每年取出来晒一次，每次都会说："妈妈活到这个岁数，从没看过哪个人能把燕尾服和大礼帽穿得那么体面，也没见过品位那么高尚的男人。"那时三个哥哥已经各自在社会上有了相当的地位，但母亲仍大言不惭地说："就算三个加起来，也及不上你们父亲呢！"

父亲与母亲和一般所谓的恩爱夫妻略有不同，感觉他们谨守礼节，保持距离。纵使旁人看来古板，但我却认为父亲与母亲是一对互敬、互信、互爱的幸福夫妻，令人羡慕。

我和妹妹是父亲过了盛年才出生的，对父亲而言，似乎是特别可爱的幼女。父亲忙碌得席不暇暖，但只要能腾出四五分钟空档，便会命秘书来叫我。由于受到父亲不少严格的教导，年纪幼小的我每每心惊胆战地进书房。那是夏天。体格壮硕、很会流汗的父亲外出归来，换上凉爽麻质触感的传统服装，上身纽扣敞开着，脸上笑眯眯的。天花板上大大的电风扇缓缓转动。父亲露出肥壮的胸膛，问：

"要不要喝爸爸的奶啊？"

"不不不。"

父亲便故意对畏怯的我露出有点凶的表情，取笑我："你都喝妈妈的奶，为什么不喝爸爸的奶？"

书房墙上挂着绘有荔枝的画。

"来，我来摘荔枝。"

父亲要我看着他，他自己走近那幅画，我还没会意过来。

"摘下来喽！"

然后父亲手里便已拿着真正的荔枝，而我则是惊讶地睁大了眼睛。父亲只要想见我，便将水果藏在画框后，再差人叫我来。摘荔枝的时候，我一进房，父亲首先便问：

"你是谁的孩子？"

"爸爸的孩子。"我答。

"爸爸的什么样的孩子？"

答案是固定的，一定要回答"爸爸老来生的可爱得不得了的孩子"才行。在我总算会说话的时候便一直教我，我不灵活的舌头不知重复说了多少次。到了上幼儿园的年纪，女孩子已经相当早熟，这种话实在羞得令人说不出口，也已经渐渐看穿摘荔枝的手法了。但毕竟还是想吃荔枝。为了荔枝，我强忍羞怯说："是爸爸老来生的可爱不得了的孩子。"

父亲就为了听这句话，在百忙之中，将荔枝藏在画框后。我们父女一再重复这段滑稽的对答。那是人称有守有为的父亲，在年幼女儿面前所展露的温柔。

小时候如此受父亲疼爱的我，随着年纪渐长，却越来越害怕父亲。一方面也是因为进入青春期了吧，不知不觉间，我开始疏远父亲。尽管内心深处仍想如幼时那般向父亲撒娇，却觉得父亲好遥远。而我却在毕业旅行期间失去了父亲。家里每个人都在场，唯有我身在南方的旅途中。我仅仅离家一个晚上，却觉得离开了好久。父亲不在人世了，真是不可思议。

有一天，我在父亲书房抽屉里，发现了他爱用的烟斗。那是抽纸烟用的翡翠烟斗。大概是母亲慎重地以布包起来的吧，放在嘴上轻轻一吸，有父亲的味道。从那天起，我每天一定会溜进书房吸烟斗。每天都吸，渐渐地味道越来越淡，最后烟斗不再有味道了。当时，父亲已去世大约两年了。

什锦全家福大面的做法

举凡父亲生日、除夕夜，只要有喜事，我家必定会做这道羹面。

材料：中式面条（干面）四至五人份，油一大匙多，猪肉（整块）二百克，酒、胡椒、酱油各少许，葱半根，虾米四分之一杯，干香菇（大朵）三四朵，竹笋（水煮）一百克，萝卜一百五十克，胡萝卜少许，色拉油三四大匙，水或高汤（包括泡虾米与干香菇的水在内）四五杯，盐一二小匙，酒一二大匙，水淀粉将近一大匙，蛋二三个，麻油、味素、虾夷葱少许。

做法：由羹做起。

1. 猪肉用肩里脊肉、腿肉或是任何喜好的部分均可，一大块切成一厘米立方的肉丁，淋上少许酒、胡椒、酱油，腌一二十分钟入味。

2. 葱切碎，虾米、干香菇分别以温水泡开，泡过的水加入高汤中。

3. 泡开的香菇去蒂，切成与猪肉大小相同的香菇丁。竹笋也同样切丁。

4. 萝卜与胡萝卜削皮，同样切丁，以盐水烫过备用。

5. 以中式炒锅热色拉油，将葱炒香。这时加入虾米，再加入猪肉，炒到猪肉完全变色。

6. 待猪肉变色之后，加入香菇丁再炒。然后依序加入萝卜丁、胡萝卜丁、笋丁，再加盐、酱油，酒沿锅缘炝入。

7. 将炒好的材料换至汤锅，加水（或高汤）来煮。水淀粉以三倍的水溶开，待萝卜软了之后，绕圈倒入锅中勾芡。

8. 蛋打散，绕圈倒入锅中，最后加入胡椒、麻油、味素，熄火。盖上锅盖焖一下，待余热将蛋焖到嫩熟，再搅拌整锅汤。

9. 虾夷葱切成葱花。算好时间，需要让羹和面同时起锅。

10. 干面放入大量热水中，煮到喜好的软硬，绕着倒入油，将面搅散。

11. 将面分盛为一人份，加少许羹拌开，再淋上大量羹，撒上葱花。羹和面同时起锅后，热面拌热羹才好吃。

家人之绊

在此，必须简单提及我的婚姻吧。因为有必要向读者解释，我为何会在东京以教导烹饪为生，为何不回台南而留在日本生活。也是因为如此长期居留于东京，令我想起故乡的生活，这也是促使我思考双方文化的原因。

我就学的英语系教会学校盛行音乐教育，我和妹妹都在那里上课，专攻钢琴与声乐。学校每年两度举办的音乐会很受当时音乐爱好人士的关注，我和妹妹每次都获选登台。

高中课程结束后，我便成为钢琴专科生。在音乐会中，我不仅自己演奏，也担任妹妹歌唱的伴奏，上台多次。而二十岁那年的音乐会

一结束，便有人来提亲。说是因为看
上了在舞台上表演的我，所以来提这
门亲事。对象是还在日本求学的人，
婚后将留在东京完成学业。

　　母亲几年前便渐渐将中馈的位置
交棒给嫂嫂了，尤其是父亲过世后，
便从第一线退下来，深居简出，似乎
把我和妹妹这两个较晚出生、还不到
二十岁的女儿的成长，视为唯一的安
慰。我开始认为自己要赶快长大成
人，好让母亲安心。

　　妹妹从小就是个野丫头。我乖乖

长荣女中高三时的辛永清

地扮家家酒的时候，她就在一旁的树枝上荡来荡去，要不就是大声唱
着歌儿爬树，精力充沛，活蹦乱跳，片刻都静不下来，母亲、嫂嫂也
管她不住。不知不觉，我便自然扮演起懂事的姊姊，来照顾这个野丫
头妹妹。我从妹妹无论何时何地均引吭高歌的歌声中，听出优异的
资质。

　　"你要不要参加音乐比赛？"

　　"……我？"

　　某日，我建议妹妹参加音乐比赛。

　　"凭你的歌声，绝对没问题。我们两个一起练习吧！"

　　在那之前从未受过正式训练的妹妹，只以我的钢琴伴奏练习了指
定曲，便在头一次参加的比赛中获得第一名。就连拉她参加比赛的
我，也万万没想到会得到如此佳绩。但看着她站在大批观众面前毫不
怯场，大方展现歌喉的模样，小时候那个调皮捣蛋的小女孩仿佛又回

念长荣女中的辛永清和辛永秀姊妹，当时各为高三、初二，可看出两人感情亲密

到眼前。从此，妹妹便毫不犹豫地立志朝音乐之路迈进。

小我四岁的妹妹还要好一段时间才能从学校毕业。才华洋溢的她恐怕会希望继续进修吧，也许还会出国留学。妹妹的歌声动人，我自认为她的伯乐，如果可能的话，希望她能成为一流的声乐家。但这么一来，妹妹出嫁势必是许久之后的事了，那就对不起希望我们两人结婚获得幸福的母亲。

我是不是该早点结婚呢？到那天为止，我也是一心投入在钢琴中，并不是没有怀抱过成为钢琴家的梦想。但是，与妹妹的才能相比，我的梦想微不足道。假如两姊妹都以音乐家为志，母亲该有多么担心啊！我下定决心，既然自己才能有限，不如及早结婚建立家庭，好让母亲安心。

在台北举行婚礼后，我随同丈夫一同离开了故乡。当初并没有想到会久居海外，所谓的妆奁一项也没带，只当是为期较长的长途旅行便离开了家，不料东京的生活竟会如此漫长。

我在音乐大学的附属课程就读，一面继续学习钢琴，一面为了补贴家用，在家中教授钢琴。但来到日本的翌年孩子便出生了，我需要收入更好的工作。但是，没有地方肯雇用一个带着孩子的中国女人。

钢琴必须一对一教学，我思索着有什么能一次教好几个学生，于是想到了开烹饪教室。在故乡，我家是出了名的擅长料理。我出生在

辛永清（左）与妹妹辛永秀（右）同台表演的珍贵照片
在日本草月厅举办，男主播与辛永清对谈中文诗词，而辛永秀则在旁演唱中国艺术歌曲

这个家庭，从小便受到扎实的训练，应该有资格教授烹饪吧？为了心爱的家人的健康，为了让家人愉快地围绕在餐桌旁，烹饪是主妇的一大任务，而我至今所学，或许能够用来教授别人，以便赚钱。

"烹饪教室招生"。

我大着胆子，把告示贴在居家的围墙上。

有人愿意来吗？

"你要教什么样的料理呢？"附近的太太们似乎早就注意到年轻又生活在异乡的我，再加上由中国人来教很稀奇，因此来了几个人，于是我的家庭烹饪教室便就此开张了。

为了能多招揽一些学生，我每天早上骑着脚踏车，跑遍当时居住的私铁沿线各区，挨家挨户将招生传单放进信箱。因为怕被人看见，我都是趁孩子睡醒前来到昏暗的街上，骑着脚踏车跑五六个车站。用围巾包着脸，避人耳目地骑脚踏车的日子，令我回想起在南国明媚的晨光中，任裙摆飞扬，骑着脚踏车上女校的学生时代。在木造房屋林立的东京街头走过一户又一户的自己，反而有如置身于奇妙的梦境。

其实这个时候，我的婚姻生活便已经开始瓦解了。原因我并不想提。就这么说吧：我怀着幸福家庭的美梦来到日本，却必须独力维持生活。当我决心靠教授钢琴和烹饪，与孩子两人在东京生活后，我便大清早骑着脚踏车，寻找适当的住处。因为是在家里上课，地方不能随便。我也希望母子全新的生活能有好的开始。一天早上，我知道有一栋在当时的东京还很罕见的新建白色公寓大楼，便决定租下那边的房子，带着孩子离开夫家。

我依中国文化中新娘的习惯带来了金额不小的嫁妆，但几乎都已用来应付之前的开销。考虑到我手边所余和往后的日子，崭新的白色公寓实在很奢侈，但我却将仅有的钱全部拿来租房子。礼金、押金等入住的费用是付清了，但下个月的房租却没有着落。我一心只想着我会工作，不要紧，只要能工作就能生活，奇怪的是，竟然没有感到不安。

为了避免纠纷，我离开夫家时，只带了孩子的东西和一点换洗衣物。依照我的打算，钢琴暂时采取到府授课的方式。我只买了最基本的烹饪用具和碗盘，以及餐桌和几张椅子，烹饪课隔周便在新公寓开始了。

如今回想起来实在好笑，一开始我教的是西洋料理。三十年前，日本毫无在家做中华料理的倾向，当时是法国菜的全盛时期。说到学做菜，指的就是法国菜。由于我的舌头训练有素，懂得食物的味道，基本料理技术又扎实，因此虽然只是在学校学过，但一般西洋料理我都会做。而派、泡芙、海绵蛋糕等点心，家里平常也会做，因此主妇太太们便到家里来学法国菜和西点。

发传单应该也有效，但很多学生是靠着口耳相传而来的。

"附近有个中国女人在教做菜，好像还蛮好吃的呢！"

从邻家太太传到车站前的仙贝店，再从仙贝店传到古筝老师那里，上古筝课的学生们再传给她们认识的主妇太太们……烹饪教室陆续被介绍开来，从没有一个熟人开始的烹饪教室，竟意外联系起一大群人。等孩子上了幼儿园，便多了幼儿园的妈妈们前来；上了小学，则是家长会的妈妈们前来。如今想起当时教室里的成员，还真令人怀念，尤其是女明星佐久间良子小姐的母亲、日本画家桥本明治大师的夫人、京王广场饭店顾问高田贤先生的夫人。她们是女校同学，因而开起一个十来个人的班级，持续了很长一段时间。即使是现在，仍偶尔召开同学会。从法国菜开始教起的烹饪教室，渐渐教起我娘家的家传料理，最后变成专门教授中国家常料理了。

我当时才二十来岁，是武藏野音乐大学的校长福井直弘先生让年轻又穷困的我尽情发挥所长。每当福井家宴客，便找我去，要我负责料理，从食材的采购做起，一切交给我全权处理。这是难能可贵的学习机会，让我得以搜罗当时实在买不起的好材料，自由发挥。每一次我都跳脱教室的框框，天马行空地构思豪华、精致又富有创意的菜单，准备别出心裁的宴席。

在自己家中教授烹饪，对有孩子的女人来说是最好的工作。生活尽管辛苦，但至少在职业上，能够养活我们母子二人。而且不必将年

辛永清在日本NHK电视台节目授课的现场

幼的孩子留在家里，能够毫不勉强地兼顾工作与育儿。但只有接受福井校长委托时例外。要准备几十人份的全套晚餐，等收拾善后回到家，一定都是深夜了。才刚上小学的孩子得独自看家，心里一定很害怕。但孩子也十分体谅这是母亲重要的工作，连一次都没有露出寂寞的样子。深夜悄悄开门回家，只见孩子已单独吃过晚饭，在床上蜷成一团睡着了。

　　前来教室上课的学生们的反应，似乎也扩及意想不到之处。几位活跃的料理研究家注意到我的料理，同时学生当中又有众多家事评论家的千金，或许也因此我的名字被传开了。有一天杂志社、电视台突然来电，让小小的烹饪教室人仰马翻。这是我当初单纯为了补贴家用而开课时万万没有想到的。

　　娘家知道我离开夫家的消息时，我的大哥正在美国。大哥大嫂临时提早回国，飞到东京。那时候，我才刚搬到新家三四天。大哥大嫂造访了空空如也的公寓，什么话都说不出口。

　　"别这么委屈自己，带着孩子马上回家。"大哥脸上带着你为什么不这么做的表情。自从得知我们婚姻失败以来，几位哥哥一再对我这么

说。但我要带着孩子、
两个人住在东京生活
的决心也坚定不移。
哥哥完全视收留我们
母子为理所当然，我
也深知没有任何一个
哥哥会认为这是负担、
麻烦。假如孩子是女
孩，也许我会这么做。
但孩子尽管年幼，毕
竟是个男孩。

辛家人了解钢琴对辛永清的意义
辛永清逝世后，在日本住家的礼台上，特意在钢琴上
覆盖辛永清三姊从中国寄来的汕头绣作为纪念

　　若接受兄长的照顾，我们就欠兄长一份情。孩子会怎么看待这样的母亲？况且，他的母亲家和父亲家在台湾也小有名气，免不了会有一些风言风语。我不希望孩子在这样的环境下长大。母子两人举目无亲，相依为命，或许寂寞孤单；但相对的，我们不必在背后有人指指点点的环境中生活，说我们是一家之耻，不必面对伪善的关心和浮面的同情。我希望男孩子要能不在意旁人的目光，培养他开拓自己未来的气概。再说，即使切断了夫家和我的缘分，夫家对儿子来说，依旧是重要的亲属。无论是我娘家还是夫家，只要我们不受任何一方的援助，将来无论何时去台湾，都能够愉快地和亲戚往来。我也希望他能够有机会接受祖父祖母、叔伯姑婶的关爱。

　　或许是认为对顽固的妹妹说什么都是枉然，于是大哥说："你不要我们援助的心情，这我能明白，但是只有这个你一定要收下，因为你无论如何都不能没有钢琴。"

　　大哥大嫂从羽田起飞后，一台小小的冰箱和一架直立式钢琴送到了我的住处。大哥大嫂眼见我明明要教授烹饪，住处却连冰箱都没有，又深知我无论快乐悲伤——尤其是悲伤时，都会坐在钢琴前面，才这么做吧。他们的体贴令我无限感念。后来我搬了两次家，房子略略变大，冰箱也换成了大型的，但唯有钢琴原封不动。今后，无论住进多么宽敞的房子，我都不打算换钢琴。因为那钢琴充满了大哥大嫂的心意，是我心爱的钢琴。

在东京的生活没有朋友，寂寞孤单，看来只是我个人的感伤。生于此、长于此的孩子不久便在这个国度交了许多朋友。儿子是生活在日本，却以中国为祖国的孩子。

在中国，我们非常重视家人亲戚。婚丧喜庆就不用说了，家长的寿辰、祖先的忌日冥诞等，有事必定聚集家族联络感情。五六十人齐聚一堂，外人要弄清楚谁是谁非同小可，但只要留意孩子怎么称呼大人，无论多么复杂的亲属关系，也能如同写在纸上般一清二楚。在日本，父母的手足均称为叔叔、阿姨，但在中国，父亲排行第几的哥哥弟弟、母亲排行第几的姊姊妹妹，他们的妻子丈夫，每个人的称呼都不同。根据称呼，便能明了一大家族的关系。

中国文化中视礼仪为人际关系的基础，孩子的教育首先从记住长辈的称呼开始。我儿子也在会说话的同时，迈出这中国孩子的第一步。现今在中国大陆，基于控制人口的必要，一对夫妻只能生一个孩子。但中国人喜爱多子多孙，自古视孩子为一家之宝，孩子越多越好，迫使政府不得不如此限制。我家手足便有九人，每一户亲戚也有很多孩子，下一代自然而然便有许多叔叔、阿姨。

父亲男性手足的称呼，视比父亲年长、年少而不同。兄为伯，弟为叔，而由最长的依序称为大伯、二伯，或者四叔、五叔，依照兄弟排行加上数词来叫。伯之妻为姆，叔之妻为婶，因此便是大姆、二姆、四婶、五婶。

在日本要区分各个叔叔、阿姨时，经常叫某某叔叔、某某阿姨，但我们是绝对不能以名字来称呼近亲的，只会以固定的称呼加上数词来叫。反而是远亲，或是极亲近的外人，年长的男性称为某某伯，年轻的则称为某某叔，称呼名字以示亲近。

父亲的女性手足则为姑。无论是父亲的姊姊妹妹，都是姑姑，而其夫称为姑丈，一样是依长幼之序加上数词来称呼。

母亲的男性手足不分哥哥弟弟均为舅，其妻为舅妗。女性手足则为姨，姨之夫为姨丈。同样是加上数词，称大舅、大姨、二舅、二姨等。我在六个姊妹中排行第五，我姊妹的孩子都要叫我五姨，哥哥的孩子则要叫我五姑。我和丈夫分手了，因此甥儿甥女、侄儿侄女们没有五姨丈或五姑丈。

姨不仅可以用来称呼母亲的女性手足，和叔、伯一样，也可加上名字成为某某姨，用来称呼亲近的外人或远亲。日文里的爷爷奶奶则是祖父、祖母。祖父母的手足，若是祖父之兄称伯公，弟称叔公；其妻称姆婆、婶婆，在伯叔姆婶之后加上公或婆。

亲戚各有各的称呼，应该是中文独有的吧。我没听说英语、法语等其他外语有这种说法。但要记住这么多的称呼，恐怕只有牙牙学语的幼儿灵活的脑袋才办得到，据说对后来才学中文的人而言相当复杂难记。

中国孩子一到了五六岁，年纪虽小，却能把这些称谓全都记住，也不会叫错。每当亲戚聚集，便由母亲陪同，在家人之间一个个教：这是大伯，这是大姆。一组母子过后，便由下一组母子上前来问候。母亲总是叮咛孩子，与长辈说话时要看着对方的眼睛，仔细听话之后好好回答。无论是活泼外向的孩子，还是害羞内向的孩子，都要努力

辛永清从日本回到故乡台南的安闲园，带着年纪约幼稚园大班或小一的儿子辛正仁，与妹妹辛永秀合照于石桥旁，手里抱着安闲园里养的小白兔

走完一圈。接受问候的长辈，对孩子的问候方式或话语加以称赞或修正，并为孩子准备好话题，诸如"这阵子幼儿园怎么样啊？"或"听说你养狗呀？有没有好好带狗去散步呢？"让孩子们练习与长辈对话。

亲戚中的孩子年纪尚幼时，配合的大人也必须很有耐性。但这样的教导非常重要，必须让孩子们在步入社会前于家族中养成习惯，因此大人也会不厌其烦地细心应对。

生活在台湾，常有家族团聚的机会。即使不这么拼命练习，看到叔叔伯伯自然而然便会记住，但住在东京的我们就只有母子俩。于是我排好椅子，告诉孩子伯伯、伯母坐在这里哦，然后大伯、大姆、二伯、二姆……像这样念咒般地每天练习。

我希望将来带儿子到台湾去时，他能够好好地问候亲戚长辈，不仅是我这一家的，还有他父亲一家的。我希望他是个得人疼的孙子、侄子。儿子比较吃亏，必须学习中文和日文两种语言，再加上得记住复杂的亲戚称呼，负担实在太大了。但是，正因为他是生于东京的中国人，我更希望他能牢牢记住自己是什么人、自己属于什么样的家族、对自己而言的家是什么。我认为横跨两种文化而生的儿子，不能像株无根之草。我终究希望他拥有重视家族的中国文化的精神根本。

由于丈夫的双亲想看孙子，于是我在相隔许久后回到台南。看见小小的儿子没有枉费练习的结果，问候了大批亲戚也没有出错，我不禁觉得肩上的担子放下了一半。我觉得很骄傲，因为这代表与丈夫分手后，我仍然将孩子教得很好，也代表着我们母子虽然离开故土单独在海外生活，仍遵守着中国重要的习惯、传统。即使生在日本、长在日本，这孩子仍是堂堂的中国人。我的安心，也是有感于我身为一个母亲，已经将一种文化稳稳地传递到儿子手中。

前夫的父亲执起我儿子的手，望着孙儿的脸，片刻无语。是可怜这孩子只有母亲单独养育，也是伤心自己的儿子必须与孩子分离的不幸。我深切感受到这份父母爱子之心，不禁再次思索起联系着人与人的羁绊。

安福大龙虾的做法

这是我于武藏野音乐大学福井校长家中所做的豪华宴客料理之一。中文称为龙虾的伊势虾令人联想到龙舟，这道菜气势雄浑。

材料：伊势龙虾四尾，色拉油一到二大匙，酒少许，盐少许，蛋白一个，水淀粉约两大匙，炸油，草菇（罐头）一百五十克，竹笋（水煮）七十克，胡萝卜半根，青椒两个，猪油两大匙，高汤三分之二杯，盐半小匙，麻油少许，胡椒少许，萝卜缨一把，冬粉十五克。

做法：

1. 把伊势龙虾的头与身分离，将肉取出。其中一只的壳当作盛盘装饰，因此要洗净汆烫。

2.将虾壳的水气擦干，淋上热色拉油，使虾壳更加红艳。

3.虾肉切成一口大小，以酒、盐稍加调味，加上蛋白、水淀粉拌匀。

4.虾肉以中温（摄氏一百三十五至一百五十度）的油去炸，约八分熟时捞起沥油。

5.草菇切片，竹笋、胡萝卜、青椒分别切成一厘米的小丁。胡萝卜先烫熟。

6.以中式炒锅热猪油，以大火先炒草菇，接着加入竹笋、胡萝卜、青椒，从锅的内侧倒入酒，加入高汤、盐调味。

7.以水淀粉加水勾薄芡，加入过了油的虾肉，最后以麻油、胡椒添香。

8.冬粉维持原有的长度，直接以高温油炸，迅速起锅。

9.盛盘时，先将冬粉掰成方便食用的大小，铺在大盘上；伊势虾的头与身略微分开放置，让虾看起来更大；再盛上烹调好的虾肉与蔬菜。只切下萝卜缨的叶片，撒在四周作为点缀。

说明：

伊势虾看来虽大，可食用的部分却很少。盛盘用的壳虽然只需一尾，虾肉却必须多备一些。

血液料理知多少？

　　法国人和德国人都喜欢吃鸡血、猪血，我们中国人也爱鸡血、猪血料理。将新鲜鸡血凝固后稍微煮过，其美味无可比拟，尤其是切开刚起锅的鸡血，热腾腾地蘸一点大蒜酱油来吃更是如此。刚煮好的鸡血感觉就像巧克力色的蒟蒻，但嚼劲不像蒟蒻那么硬，大约是介于琼脂和果冻之间吧。热腾腾的鸡血放进加上柠檬汁及香菜末的大蒜酱油里浸一下，只是这样而已，吃起来却一点腥味都没有。在一旁等着鸡血起锅，一切下来便一口接着一口吃下肚。

　　冷却的鸡血则是煮汤吃。白菜汤、鱼汤、虾丸汤等，配合汤料的大小将鸡血切块，起锅前加进去，常见的汤立时美味百倍，成为一道美食。

　　中国自古就认为女子不会杀鸡便不能嫁人。凭女子之力不能杀猪无可厚非，但不会杀鸡做菜就称不上女人。一个女人不但要懂得裁缝，还要具备杀鸡、包粽子、做年糕这三样本事，否则无法胜任一家的主妇。然而最近情况不同了，这样的想法也已经慢慢成为传奇故事。现今仍有许多家庭自己包粽子、做年糕，但台北、台南也像东京一样，越来越多的人都住在公寓里，想在自己家里养鸡杀来吃已成空谈。街上当然买得到处理好的鸡，几年前起，也开始有煮熟的血了。最近几次回台湾，我都会上菜市场，看到卖鸡血、猪血的，不禁回想起这些东西以前都是家家户户自己做的。

要做糯米鸡血时，首先必须准备磨利的菜刀。刀要磨利到稍稍一碰便会划破手指的程度，要不然鸡尽管注定被杀，却迟迟死不了，未免太可怜。在杀鸡的半天前，便要将糯米洗好沥干，然后放进涂过植物油、像汤盘一样大的深盘里。一切准备万全后，再去抓鸡。选定一只肥嘟嘟、正适合吃的鸡，让孩子们在后院追逐抓来之后，母亲便会先拔除鸡喉咙的毛，绑住鸡脚，再将鸡牢牢夹在双腿之间。按住鸡使鸡无法挣扎，再把装有糯米的盘子放在面前，一刀朝鸡脖子划下去。我们紧张地守候，随着菜刀瞬间移动而喷出的鲜血，转眼就流满了一盘。若取得好，一只鸡大约可以取出三分之二杯的血。血必须平均而平坦地流入盘中。鸡不久便会疲软不动了。

过了一会儿鸡血凝固，整块以盘为模的糯米便可顺利脱模。这块糯米要放入沸腾的热水中煮，等糯米熟了就可以吃了。鸡血恰到好处的弹性和糯米的口感，让糯米鸡血拥有无可言喻的魅力。从抓鸡、七手八脚的一场混仗，直到脖子上那一刀，年幼的孩子们满怀期待地等着，既不觉得可怜，也不感到残酷。虽然有时也会用一般的米来做，但糯米的黏性和鸡血的弹性相当，用糯米做起来更可口。

饮食习惯真的很不可思议，像这样的鸡血料理也好，宴客时经常在院子里烤的整头乳猪也好，日本孩子要是看到鸡被割了脖子，或将猪仔开膛剖肚、整只来烤的情状，恐怕会恶心昏倒，能不能好好享用稍后的餐点都是问题。但是，中国的孩子对这些却毫不在意。不仅不在意，一想到刚烤好的乳猪柔嫩多汁的肉和香酥可口的皮，便馋涎欲滴，满心幸福。守在火边寸步不离，巴不得猪肉赶快烤好，愉快地看着乳猪一圈圈转呀转的，渐渐越烤越小。被炉火熏得双颊发热泛红，期待着美食而心跳加速，不由得口水直流。

在德国，猪血是做成香肠，在中国虽然也经常用来做香肠，但当我们拿到今天一早刚屠宰的、真正新鲜的猪血，还是以凝固后水煮来吃风味最佳。鸡血和糯米是绝配，因此鸡血料理可说是少不了糯米，但猪血则不然。猪血是单纯将之凝固后来煮，主要是加在蔬菜汤中吃。有时会加在像日本料理的"杂煮"那样有粿的蔬菜汤里。这时候的粿最好是用口感和猪血近似的一般的米，也就是日本所说的，像进口米那种黏性低的米做成的，而不用糯米做的年糕。虽然这些料理都好吃，备受人们喜爱，但我还是认为真正好吃的猪血不需要其他配料，简单煮汤才是最美味的。在用鸡熬成的上等鸡汤中加入猪血，撒点提味的韭菜就行了。这种清爽的组合最得我心。

我们家姊妹六人，前四位都是传统的优秀女性，学会了怎么杀鸡才出嫁的。尤其是住在台北的最小的姊姊，至今仍坚持自己亲手杀鸡，做新鲜的糯米鸡血，连猪血肠也自己做。但我和妹妹两人其实不敢杀鸡，是不中用的女人。要收拾、处理杀好的鸡对我们来说轻而易举，但无论如何就是不敢朝鸡脖子划那一刀。但是，就连这个姊姊每次想起头一回杀鸡，都还会说："那时候好怨妈妈啊。"

明明从小就看惯了，没把杀鸡当一回事，但一旦母亲下令"你来试试"的时候，大概是抓来的那只鸡刚好特别肥、特别生猛吧，一刀下去的同时，鸡挣扎起来，淌着血满院子乱跑。姊姊又惊又吓，发着抖，眼泪就要夺眶而出，母亲却严厉地说："重新来过。"

家中大厨和好几个厨房的女人明明就在旁边，姊姊一心以为剩下的工作会有人代劳，但母亲说一不二，姊姊只好哭着再次拿起菜刀。这时候如果不好好教导，就无法给佣人立下榜样，若是自此吓坏了不敢杀鸡，就更麻烦了。将来出嫁，不能亲身示范教底下的人，便无法掌管一个家。

兄弟姊妹中就属我个子最小，但母亲比我更娇小，身材纤瘦。乍看之下，母亲是个什么都不会、一味文雅娴静的人，但她却坚信，好吃的东西最重要的便是自己动手做。母亲以此为主妇的信条，在大宅内开辟菜园种菜，也养许多鸡，早晚都勤于照顾。一早梳洗完毕，头一件事便是来到后院，和长工一起巡视菜园。菜园里除了叶菜类，还种了马铃薯、芋头、花生，等等。后院偏僻处便是一片广大的竹林，一到夏天，我每天一大清早就被叫醒，被带去挖竹笋。因为竹笋只要稍稍长过头，就会变硬，味道也跟着变差，因此无论如何都必须每天早起去巡视。

日本的竹笋属于春天的作物，但在我们老家，依竹子种类不同，产期各异，其中以盛夏出产的竹笋最为可口。这种叫作"绿竹笋"，非常甜，好吃得令人不敢相信那是竹笋。大清早挖起来后立刻水煮，切成薄片蘸酱油吃，又嫩又甜，味道和其他竹笋截然不同。有一次我托人从老家送来了现挖现煮的绿竹笋。我事先答应桐朋学园三善晃老师送去给他，三善老师说，完全颠覆了他对竹笋的印象。那次请人带着现挖现煮的绿竹笋登上一早的飞机，我这边也是到机场，等飞机一落地，拿到竹笋便直接送过去。由于台北、东京之间有空运时间，不能算是真正的现挖现煮，但即使如此，绿竹笋的滋味依旧无与伦比。

早上现煮薄切，蘸酱油吃，中午则做成绿竹笋饭汤。这是一种汤泡饭，可以说是茶泡饭式的咸粥吧。在台湾，台南也是一个在食物上得天独厚的地方，又近海，只要去菜市场，看到的虾子都是活的，无论大只小只，无不活跳生鲜。每天早上吃过早饭，主掌一家厨房的主妇就会先上菜市场买菜。菜市场从早上六七点就很热闹，到了八点左右，几乎每户人家都已经买完东西。九十点就只能捡卖剩的了。母亲也是每天都坐人力车或自家用车上菜市场，由车夫旺盛或司机林先生双手提着篮子跟在母亲身后。母亲会和大厨讨论菜单和料理做法，也会交由底下人去做，但唯有挑选材料这件事绝不假手他人。除了上菜市场外，挑选后院菜园的菜、家畜宰杀的时机，一定都是由母亲自己来。

从菜市场买回当天一早捞捕的小虾，活生生的直接剥壳，绿竹笋则直接切丝。当天早上现挖的绿竹笋不涩不苦，完全不需要事先烫过。竹笋炒到略呈透明时，便加入虾子，加点盐、胡椒，盛在热热的饭上，再淋上热汤，一口接一口地扒进嘴里。汤可以用鸡汤，或是虾头熬的汤。在炎热的夏天中午挥汗吃这道汤泡饭，美味难以形容。一面吹着热乎乎的汤，一面扒进嘴里，连脑袋里都大汗淋漓，反而忘了炎热，只觉再多都吃得下。

后院里除了鸡，也养猪和火鸡。猪主要是由大厨和长工负责，母亲要我们帮忙照顾鸡和火鸡。将虾夷葱般细的葱切碎，加上捏碎的豆腐，就是家禽的饲料。每天早上都要切葱当作饲料，因此早上院子里都会响起"咚咚咚"规律清脆的声音。母亲擅长孵小鸡，总是顺利地从鸡蛋孵出小鸡，而小鸡一生病，母亲便会施以奇特的治疗。一开始会给药，但到了实在不行的时候，母亲就会将小鸡放在水泥地上，盖上金属脸盆，再晃动脸盆，让脸盆"咔嗒咔嗒"声大作。里面的小鸡当然受不了，会吓得站得直挺挺的。这是一种震撼疗法，再怎么想，病都不可能因此痊愈。但神奇的是，快病死的小鸡当中，真的有些受到震撼而复元。这时候母亲就会露出天真无邪的愉快神情说："很有效呢！"我在别处从来没听过这种治疗方法，所以我猜那一定是母亲自己发明的。

死去的小鸡由我们一只只命名埋葬。鸡瘟流行时，孩子们就忙着挖墓。但我们只会帮小鸡做坟墓，至于吃进肚的鸡，我们倒是从来都没有想过。小鸡是可爱的宠物，但长大的鸡是食用的，在孩子心中，对于这项明确的划分并没有心生抗拒。

母亲陆续生育了四个女儿，也严格训练女儿厨房里的本事。但到了与姊姊年纪相隔一轮的我时，母亲年纪大了，时代也变了。或许是考虑到，将来女儿不会过现在说起来十分奢侈难得的半农家生活，就连杀鸡的方法，也是看我畏缩就没有再强迫我学。母亲万万没有料到，这个女儿将来会在海外以教授烹饪为生吧。连一只鸡都不会杀，若在从前会被认为是不合格的女人。母亲那时候怎么不像对待最小的姊姊一样，不顾女儿埋怨妈妈狠心，也硬逼着我学呢。时至今日，我还会任性地这么想。

虽然终究还是不敢杀鸡，但我从小就喜欢做菜，经常在厨房里钻来钻去，也经常被叫去帮忙。其中最细腻烦琐的工作，非处理燕窝莫属。但粗活儿的代表，应该算是蒸活鳗时按锅盖和腌猪肉吧。不知是否出自于中医的想法，中国人喜欢将活生生的食物直接料理，蒸活鳗是常见的烹调法。若是很大条的鳗鱼，女人的力气就应付不来了，得由人高马大的厨师大水用粗壮的手臂牢牢按住。要按住锅盖直到鳗鱼安静下来，有时候一按就是老半天。

腌猪肉则是重要的存粮，以前没有冰箱，因此母亲会制作各种存粮。其中的腌猪肉父亲很爱吃，是我们家常做的存粮之一。当家里养的猪长得圆圆胖胖，母亲便会特地腾出时间来做腌猪肉，请专门的屠夫来杀猪。家里实在没办法自己杀猪，这也不是厨师的工作，因此还是要请专门的屠夫。

面朝后院的厨房屋檐底下是水泥地，可以用水直接冲刷。在那里杀猪，事后清理很方便。血当然是做成猪血，煮成可口的汤。我们拿起菜刀对付解体后的大块猪肉，分别切成大小有如摊开的杂志、厚如坐垫的方块。要切开厚度十足的大块生肉很累人，做这项工作时我们都默默地运使着菜刀。然后准备好约孩子高般的大瓮，在瓮底铺上粗盐，将肉放进去，再铺一层盐，再放肉。这样层层叠叠，直到装满一瓮。将满到瓮口的瓮严严实实地封紧，在阴凉的地方放上一个月，可口的腌猪肉便完成了。若是在天冷季节，腌猪肉可放上两三个月。吃的时候烫软再切薄片，用烫肉的汤调成酱油酱汁，加上葱姜调味，和生菜一起吃。腌猪肉的美味大概可以用生鲑鱼和盐鲑鱼的不同来比喻吧，它有一番不同于生肉的醇厚风味，因此制作腌猪肉其实并不单是为了保存，更是为了品尝腌猪肉的美味。

我们也腌鱼。一入冬就特别肥美的大土魠，一次买好几条，切成二三厘米厚的圆片，用盐腌。鱼放上半个月就能吃，料理时不必泡水去盐，而直接以油两面煎，或是切成一口大小，和五花肉一起煮汤。土魠汤只要仔细撇油去渣，再来只要撒上姜丝，不需要其他调料，就非常美味了。等肉吃得差不多，再把剩下的汤汁拿来拌饭，又是另一种美味，是一道家常好菜。

在日本，汤泡饭叫作猫儿饭，代表着没规矩，但中国人却不觉得是什么失礼之事。即使许多人同桌吃饭，像这样将汤或是菜肴的残汁拿来拌饭，也无伤大雅。当然，宴客时不会这么做，但在一家人的晚饭桌上，这绝非惹厌的举动。用茶来泡饭反而会遭到严厉斥责。像这些文化间的不同之处，没有好坏之分，纯粹是人们遵循这样的生活习惯而已，因此到了彼此的国家，也只能学着理解吧。

我小时候，有个来厨房帮忙的阿姨叫松婆。她瘦瘦高高的，是个大个子，无论是厨房的事也好，洗衣服也好，凡是杂事她样样都做。但她和住在家里的佣人不同，吃饭从不慢慢吃。从早上来到傍晚回去，仿佛生怕浪费时间，她总是里里外外忙东忙西。吃中饭时，佣人们会聚在厨房的餐桌旁，像绝大多数人一样，花时间慢慢边聊边吃，但唯有松婆会端着一个大碗，从每一盘菜里各挟一些盛在饭上吃，坐也是勉强在桌角坐个样子。叫她好好从盘子里夹菜吃，她也不听，最后则是拿汤泡饭，匆匆扒进嘴里。

因为每天都这样，母亲提醒她这样会把身体搞坏，她却说："夫人，那实在太浪费时间了。"吃完，松婆便着手去做下一件工作。到了下午两点左右，她会说要去睡一会儿。告诉她佣人的床空着，她也是找间空房就直接倒在地毯上，而且二十分钟后便已起身，还直念着"太浪费太浪费"，然后又开始工作。

盘子里的汁液剩下也可惜，手稍微空着也可惜，一提到松婆，我们就马上想到："哦，是那个可惜婆婆。"母亲很担心她一直这样下去只怕会短命，但松婆却比母亲还长寿，不但送走了母亲，听说现在高龄近九十了，仍然精神旺健。一说到残汁拌饭，我就会想起白饭上头每种菜都放上一点来吃的松婆。饭吃得那么急固然不好，但我想那对松婆来说，也许是最美味、最喜欢的吃法吧。

我也爱吃残汁拌饭。可口料理的最后一口，或是食欲不振的时候，还是觉得这样吃最开胃，就会把盘子里剩下的汁液倒在白饭上。我都把在烹饪教室做助手的人当成自家人，所以工作结束，大家一起用餐时，我会抛下日本的习惯，忍不住就把残汁倒在白饭上吃。虽然偶尔有新来的人会睁大眼睛盯着我看，但只要告诉他们，在中国人都会这么吃，他们就会马上理解。而且几乎每个人都不讨厌汤汁拌饭，会说那我也试试看，跟着稀里呼噜地吃起来。

日本也有鳗鱼丼、亲子丼、猪排丼等把配菜和酱汁淋在饭上吃的饭食，下次大家吃中华料理时，不妨试试将盘子里剩下的肉汁淋在白饭上的中式吃法。这道特别料理保证好吃。

腌着鱼、肉的瓶子摆在厨房面北的廊下。延伸出去的长廊檐下是铺着石块的走廊，通风良好，是个凉爽的地方，正好作为我们家的粮仓。不仅是腌渍类，那里还放了大大小小、形形色色的瓶罐，有皮蛋、味噌、豆腐乳、盐、糖、米，还有面粉、淀粉等粉类，以及好几种豆类，堆得满满的。中国人无论什么东西都喜欢大量贮存，这些东西总是一袋好几公斤地整袋整袋买。我们觉得让可保存的食品见了底很忌讳、不吉利，因此无论何时打开盖子，里面的东西都要是满满的。

有时候直径达一米的大缸里还会有活鳗鱼或是甲鱼。在菜市场里买来的鳗鱼或甲鱼，会先放进缸里养肥。养着活生生东西的缸似乎对男孩子具有无穷的吸引力，总有人时不时往缸里看。虽然严厉警告孩子们不准去逗弄甲鱼，但小侄儿们还是会拿棒子去戳，每次总要挨大厨的骂。鳗鱼也就罢了，甲鱼经常会反击，咬住调皮蛋的手指。一听到"哇啊！"的哭声，厨房里的人便知道又有人淘气了，连忙赶到屋外。但在台湾，甲鱼可是有一被咬住要等打雷才会松口、挂在手指头上过五座桥才放人的说法，再怎么哭喊都没有用。大厨无奈，只好拿出菜刀，于是当晚便临时改吃甲鱼料理。

甲鱼是非常滋补的食品，因此一般是有人最近比较疲累，或是当晚父亲、哥哥等男性成员全都到齐时，才会出现的菜色。所以寻常日子里突然端出甲鱼，一定会有人问孩子们："哦，今天是谁调皮捣蛋了？"白天的淘气完全藏不住，只见闯祸的本人坐在餐桌旁忸忸怩怩的，一张脸涨得通红。

孩子手指被咬的时候自然如此，而烹调甲鱼头一件事同样也是砍头。因为一旦甲鱼把手脚、头尾缩进壳里，人们就奈何不了它，所以要有技巧地引逗，挑起甲鱼的斗志，让它咬住棒子。咬紧之后将脖子拉出来，以锋利的菜刀一刀斩下。这时候泉涌而出的甲鱼血据说对身体很有益处，因此以杯子接血，加入去腥的白酒直接生饮。这样的东西本来该让男人来喝，但宰杀甲鱼无论如何都是白天，只有女人在家，因此在我家都是由嫂嫂喝。

我虽然喜爱鸡血、猪血料理，但我和母亲都怕甲鱼血，几乎不喝。我想嫂嫂喝那个不是为了好喝，而是为了有益身体，不过似乎真的有效验。嫂嫂是我们家最有活力的人，而且天不怕、地不怕，当女人实在可惜。到了当奶奶的年纪，嫂嫂仍周游世界各国，毫不畏惧。那份勇往直前的积极，也许甲鱼的鲜血也有几分功劳吧。然而，可能效验太强了点，嫂嫂什么都想管、什么都想试，有时候不免会想避着她，因为"要是被嫂嫂知道就不妙了，她一定会说她也要试试"。男人们打什么歪主意的时候，一定会极力避开嫂嫂，趁她还没到就提早收拾好，但还是比不上耳聪目明的嫂嫂，绝大多数时候仍是得被管上一管。

甲鱼没什么腥味。由于全身很多地方都是胶质、软骨，因此去壳长时间炖煮后，整只甲鱼会变得非常软烂，吸吸啃啃，不知不觉就吃得干干净净，一点肉都不剩。只不过，啃完之后，嘴巴旁边会留下一圈过了好久都还是黏黏的东西。做甲鱼时会隔水和中药一起蒸，或是煮成汤。也可以先过油再卤，做成像东坡肉那样。我最喜欢的是用中药加上大量老酒炖的汤，中药除了有当归、高丽参、枸杞之外，也有像香草袋那样放入装有许多药材的药包。

甲鱼和鳗鱼都是营养价值很高的料理，一年四季都会吃，但在我的故乡，人们会避开盛夏食用。日本人的习惯是与夏季为预防热衰竭而吃鳗鱼；相反的，中医认为盛夏应该要吃去热清爽的东西，要储备精力以度过酷暑。所以我们觉得在夏天前，特别是春夏交接之际气候舒适的时候，好好摄取营养才是最重要的。两地的夏天炎热的方式或许不同，但夏天我们会避吃对肠胃造成负担的东西。或许是意在增强体力吧，我们家除了三餐之外，也会吃甲鱼。对出门工作的父亲、哥哥们说，今天下午三点吃甲鱼，当天大家会先回来一次，在点心时间齐聚一堂。忙碌的男人们设法腾出时间回来喝茶吃点心，该说是社会清平呢？还是说有了美食就忘了一切呢？一家团聚吃甲鱼的午后，实在是非常具有台湾风情的悠闲时光。

几年前，我曾经带料理研究家江上荣子女士一家人来台湾。趁我和儿子扫墓之便，邀约江上一家一同前来。他们贤伉俪就不用说了，连孩子们也不愧是继承了江上登美老师的血统，不但懂得吃，而且一家人都很会吃。难得来台湾一趟，我希望能让他们品尝东京吃不到的东西，好让他们惊呼：

"哇，这是什么？"

"这种东西能吃吗？"

于是我拜托兄弟姊妹家，端出种种不可思议的料理，但他们完全不为所惧，来者不拒。卤鸡脚、卤鸭掌、大肠糯米等，让我明白了辛家能吃的东西，江上家也都能照单全收。姑且不论外表，这些菜每一样都非常可口，不是什么古怪料理。尤其我们辛家代代相传的家传之味，大都偏好清淡，自己说虽有自卖自夸之嫌，但至少还有"品味高尚"的美名。

大肠糯米，也就是灌了花生、糯米的猪大肠，若说出食材，恐怕会吓坏日本人。但在不知情的情况下品尝，应该只会觉得好吃吧。多少有这种倾向的人，还是只管吃好吃的东西就好，最好别问"这外层有点嚼劲的皮是什么"。

以大肠入菜时，必须刮掉不少大肠内壁。由于东京没有理想的业者贩卖，因此这是我在东京的家中鲜少做的菜色之一。一听到大肠，第一个念头也许是脏。大肠的确是秽物通过的地方，因此首先要拿筷子之类细长的棒子，将里面的东西完全清除；接着把内侧往外翻，刮除内壁之后，再以粗盐、明矾充分揉搓，去除黏液和腥味。[1] 较老的猪的大肠也会较脏、较肥，因此以小猪的大肠为佳。将用水泡软的糯米和花生以油炒过，加盐调味，再让米和花生吸收一点酒。想吃软一点的，便视情况添加高汤，然后灌进大肠。灌饱的大肠直径三厘米至五厘米不等，大小因猪而有相当的差异。下水煮之前，要先以针四处戳洞，以免肠壁爆开。煮好后，切片蘸酱油吃。我家最引以为傲的，

---

[1] 编注：现在已不用明矾和粗盐处理内脏。一般饭店厨师是运用葱、姜、花椒粒和米酒搓揉，来去除腥味。

是用自家后院菜园里现挖的花生来做，而且辛家不仅"大肠糯米"有名，花生料理也颇获好评。这次为我们做"大肠糯米"的姊姊，据说用的是夫家务农的亲戚从产地直送的现挖花生。

话说，江上一家人连声叫好地将我们准备的东西一一消化完毕。终于到了临走那天，这最后一顿饭由妹妹招待午餐。妹妹十分起劲，声称："今天一定要让客人大吃一惊，我可是准备端出鸡血、猪血哦！"

身为声乐家的妹妹因为演出，经常不在家，掌厨的是帮佣的雅子。雅子真的就叫雅子，当然是中国人，但因为妹夫是日本人，便管她叫 Masakosan [1]。她到妹妹家已将近二十年，从孩子的功课到家事一手包办，而且厨艺高超。这位 Masakosan 大显身手，表示："就算是江上老师一家人，八成也不敢吃这个。"然后带着不怀好意的笑容送上血液料理。但该说是不出所料呢，还是遗憾呢，一家人说着"这个真好吃"，吃完又再添，把菜吃得干干净净。请人家吃饭，却存心要端出客人不敢吃的东西为难客人，这样的用心完全落空了，这场比赛由江上家大获全胜。但是，端出来的每一道菜，客人都赞不绝口而且真心地开怀大吃，一众辛家人也输得开心。好一趟愉快的旅行。

---

[1]　编注：也就是雅子的日文叫法。

猪血菜丝汤的做法

猪血在日本恐怕很难买得到，但在此还是介绍一道猪血汤。因为汤里加了粿，就算没有猪血，也算得上是一道汤品。

材料：（四人份）鸡高汤四五杯，韭菜一把，豆芽菜一百克，葱三分之一根，胡萝卜少许，大蒜一瓣，盐一小匙多，酒两大匙，酱油少许，胡椒，麻油，猪血，饼。

做法：

1. 豆芽菜去头尾洗净，葱、大蒜切末，胡萝卜切丝。

2. 粿切成细条，猪血切薄片。

3. 起油锅爆香葱、蒜，沿锅边炝酒，加入高汤，以盐调味。去浮渣之后，放入蔬菜和粿。以少许酱油提味，加入胡椒和麻油添香，加入猪血，撒上韭菜。

说明：

重点是高汤要好，但最近鸡架子熬不出好高汤，所以我会用鸡腿或鸡翅来熬。要熬出四五杯高汤，大约需要一两根鸡腿或鸡翅。鸡肉先抹盐，盐的分量要多一些。在冰箱冰一晚，翌日把盐洗净之后，加热一两小时熬成高汤。

糕的做法

中国的糕和日本的大不相同，是用蒸笼蒸的。

材料：米（尽可能用黏性低的）十杯，水八九杯。

做法：

1. 米洗净，泡水一晚。

2. 将米沥干，加水，以果汁机打成液状。

3. 模具（木制或不锈钢制）放进蒸笼，铺湿茶巾，煮开大量的水加热。

4. 待蒸笼热度够了，将米浆倒进模具中。先以大火蒸三十分钟，再以中火蒸一小时（途中要注意热水是否烧干）。

5. 以竹签刺入，再由沾在竹签上的米浆来判断，亦可试吃，没有生味即可。

6. 连茶巾带饼一起取出，放凉后取下茶巾。先在菜刀上抹油，再切片。

说明：

尽可能使用黏性低的米，也就是所谓的进口米。在蒸笼里放模具，是为了让模具四周都充分沾上蒸气，也可以使用底部可脱模的蛋糕模具。这里做的是基本的白糕。在里面加入炒过的虾米和萝卜，便是萝卜糕；加砂糖就是甜的甜糕，经常当作点心。

佛堂的供品

　　中国的传统住宅大都以佛堂为中心而建。我出生于台南市中心的一幢水泥大楼，后来搬到郊外名为"安闲园"的家。房子虽然备有淋浴间、冲水马桶等现代设施，相对较新，但由于父亲深切尊重神明，我家的佛堂依旧设置在家中最重要的地方。举凡除夕、家长寿辰、一家之主的活动、仪式全都在佛堂举行。往往也是在这里聚集大家族召开家族会议，哥哥们娶亲的婚礼也是在这里举行。

　　佛堂是个细长形的大房间，左右沿墙整排是高背椅子与茶几相间而放，正中央则大大地空出来。亲戚聚集时，大概坐得下五六十位大人，没位子坐的孩子则各自搬凳子，坐在房间中央。细长的房间尽头，是占了整面墙的大佛坛。黑檀木佛坛的雕刻精致，由中央、左、右三部分组成。正中央祭拜的是观音，面向佛坛的左边是祖先，右边

辛永清三姊的结婚合照，摄于安闲园的佛堂前

新人位于第一排中间，三姊左侧是爸爸辛西淮，辛永清是右二，辛永秀是右四

则是天公和大道公。

早上父亲洗完脸，便会直接进佛堂，花很长一段时间做早课。我们上学前只要绕到佛堂，在门口朝里一拜就可以出门，但父亲则要分别为观音、祖先、神明点上蜡烛，上了香，再久久祈祷一番。有时候因为太久了，便问父亲都求些什么。父亲一定会说："家庭、社会、这个城市、我们的国家，世界和平。"每天早上从家人平安乃至于世界和平要拜上一整套，当然花时间。有时遇上向神明请教家中问题或事业的日子，那么父亲参拜的时间就更久了。天公、大道公这两位是我家很重要的神明。天公是统治全世界最伟大的神明，大道公则是天公手下的神。天公手下还有其他众多神明，各司其职。其中，就我所知，亲戚朋友家中最多人供奉的便是妈祖。妈祖掌管海洋，保护海上船只安全，据说尤其受到经常出门在外的人或渔夫们信奉。我体弱，记得我的主治中医师他们家里，也是供奉妈祖。我家的大道公应该是掌管学问、事业与阖家平安。约三十厘米高的神像戴着金冠，面貌慈祥，穿着皱褶繁多的沉重官服，坐在高椅背的椅子上。

有事请教神明时，需要特别的工具。那种工具两片为一组，漆成朱红色，大约是掌心大小。形状可以用弯月形来形容，具有弯弯的曲线和圆弧的隆起：上方是隆起的圆弧，下方则是平的，两片底部可以紧密贴合。我们称这个为"Hi"，不知道该写成什么字，若用"杯"字也有点奇怪。佛坛上总是摆满了我们不懂的饰品，便以为这也是其中之一。然而到了最近，住在台北的姊姊不知道是从哪里查出来的，说："爸以前用来占卜的工具，听说正式名称叫作筊。"我们则是一概不知，这时候才重新认识它的名字原来叫作"Yao"，写成"筊"。但我记得几乎每家佛坛上都有这项工具，无论在哪户人家都叫作 Hi，也许这个称呼也不是无中生有的。寺庙的祭坛也有筊，许愿的人一定要手持筊，向神明请教。到香火鼎盛的大庙，还可看到有些像脸盆那么大的。

向神明请教的时候，要双手分别各拿着一片筊，站在佛坛前，心中默念自己的问题，再掷筊落地。其中一正一反就代表问的事情是"吉"。两片筊圆凸面朝上便是"凶"。然而，两片筊平面均朝上则是"笑"，据说是神明笑了。可能是问神明的问题可笑，或者是"喂喂喂，哪有人问这个的"，代表神明在取笑问神的人。或许是神明要人们先冷静了再来，但不仅仅有"吉"有"凶"，还准备了含义众多而不置可否的回答，实在很有中国文化中神明大而化之的风格。

父亲请教神明的时候，一定要有家人作陪，站在一旁。若我在便是我，母亲在便是母亲，用意是拾起落地的筊，交到父亲手上。父亲一定正面面向佛坛，目不斜视。我们将落地的筊以落地的原样放在父亲手上，父亲这才看自己的手，判断神明的意思。佛堂的地板是大理石，每当筊落在脚边，便会发出清脆的"哐啷"声。即使落在坚硬的地板上，也不会滚到远处，几乎就停在落地的位置。

家中所有大事，当然也包含哥哥姊姊的婚姻大事，都曾问过神明。有的是恋爱结婚，有的是相亲结婚，情况人人不同，但每一桩婚姻最后都是由父亲问过神明得到"吉"的保证才定案。"那时候，我真的是铁了心。要是卜出了凶，我就翻过来再放在爸爸手上。"三姊告诉我，好几年前她曾经下定决心，不惜欺瞒父亲。在我还小的时候，其中一个哥哥恋爱了。对象和我们是世交，父亲母亲和其他手足都喜欢她，但一旦谈到婚事，照例必须请教神明。而请教神明的那一天，正是轮到三姊拾筊。"就算旁人也知道哥哥他们是真心相爱的。我觉得他们俩应该要结婚，这桩婚事不可能不好的。"三姊下定决心，认为就算卜出来的是凶，那一定也是神明一时失手，因为这样就不许他们结婚是不对的。为了他们两人的幸福,即使欺骗父亲也是万不得已。父亲这一天也是在漫长的祈祷之后,静静地拿着筊起身,眼望着正前方,"哐啷"一声落地。不知是否是姊姊不屈不挠的决心早已上达天听,神明成功出现"吉"的启示,哥哥顺利与相爱的人结为连理。或许是因为经过神明的评定吧,哥哥姊姊们的婚姻无一不是幸福圆满,甚至会令人想问,这么恩爱不会遭天谴吗?即使是一大群亲戚团聚的时候,每对夫妻至今仍在相邻的椅子上并肩依偎而坐。

我和妹妹结婚时,父亲已经不在了,所以我们两人没请教过神明就结婚了。虽不至于认定这就是原因,但我离了婚,而妹妹明明过得挺幸福的,却老爱在抱怨生活小事时,顺便开玩笑地说:"就是因为我和姊姊没有父亲的那个嘛。"虽然不是认真相信,但那是吃早斋的父亲为了女儿诚心问神而得到的启示。妹妹想说的是,如果可以,她当然也希望获得"吉"的保证再出嫁。

佛堂是家里最早打扫的地方,早上六点便开始。必须在父亲进佛堂前,打开佛坛的门,擦拭干净,换上鲜花和新鲜水果。雕刻繁复的佛坛擦起来可能得费一番工夫,但黑檀木佛坛总是一尘不染,大理石地板也几乎光可鉴人,室内总是充满了清净静谧的气氛。

除了每天早上供奉的季节鲜花和水果,到了特殊祭拜的日子,更是会供奉成堆的鲜花和供品。为此,佛坛隐藏了巧妙的设计,将眼前的台子拉出来,套在里面的桌子便会一一出现。一套四张的桌子全部拉出来,便形成相当大的面积。每逢过年、父亲的寿辰、祖先的忌日等,这些桌子上就会摆满鲜花和供品。

供品主要是烤鸡和炸鱼。和日本的佛前供品不同的是,不一定非

素菜不可。可能是因为
神佛同祀，供品也具有
浓厚牲礼的意味，无论
是鸡还是鱼，都是以全
鸡、全鱼的完整样子来
供奉。若是到市区常见
的寺庙，有时可以看见
从猪鼻头到猪尾巴都完
好如初的烤全猪。这样
的日子，便是有人许了
大愿来还愿。鸡、鹅、
鸭会以竹签或风筝线
让头抬高，脚也规规矩
矩地并在一起，以活着

当时辛家仍住在台南市的公寓，父亲辛西淮工作非
常繁忙，文中女秘书、佣人阿英送早餐往返多次不
成功，和辛永清在佛堂发生的昏倒事件，都是发生
在此处

的姿势端坐在盘子上。鱼也必须注意火候，好让胸鳍、尾鳍昂然而立，
鱼头朝向佛坛摆放。重要的是材料形体要明确，因此供品多半是整只，
或煎烤或蒸煮或油炸。蔬菜类则是稍微烫过，保留翠绿色。家中佛坛
的供品在祭祀后给家人食用，食用前多少会再加以烹调，因此供奉阶
段的重点是调味要淡。

　　过年就不用说了，还有各个节日、祖先忌日，因此要供奉供品的
日子很多。尤其中国人又重视祭祖，前三四代的祖先冥诞、祭日都要
纪念，因此我们家每个月一定有两三天要拜拜。每次大厨都会做全套
供品，亲戚也会送来一套供品，请我们供奉。同一天有五六套供品也
不足为奇。提着大篮子送供品来的人，等佛堂祭祀结束，便兴冲冲地
前往餐厅，等着供品重新烹调成菜肴。敬重祖先的心意是真的，但中

国人最喜欢找机会一群人热热闹闹地吃饭，便以祖先为由，每个月聚会几次，高谈阔论。随着社会越来越繁忙，全员到齐的情况变少了。但即使如此，过节、祭祖的日子，餐桌旁绝对不会只有我们一家人。祖先的冥诞、祭日时，要尽可能做先人喜爱的料理。母亲依照祖母口传，熟记每位祖先的喜好，也会说这道菜是哪位哪位喜欢的，将未曾谋面的古人的事情告诉在厨房里帮忙的我们。但有时候相隔数代、距离实在太过遥远的祖先，已经无人知道他们的喜好，这时候便由可能出席的人来共同决定供品。

　　节日方面，有固定供品的是三月的润饼和五月的粽子。

　　在中国，庆祝春天来临所吃的春饼，是以形似可丽饼[1]的皮，卷起各式各样配料来吃，好吃又好玩。但各地做法略有不同，可分为两种，一种是以厚如麻糬般的皮夹大量配料，另一种是以薄烙的皮卷起配料包起来吃。薄皮饼与炸春卷的皮一样，我们把薄皮春饼称为润饼。我听说大陆主要是在立春吃厚皮的春饼，但台湾人偏好皮薄的。在我们台南，农历三月三日是吃润饼的日子。虽是三月三日，但我们没有庆祝女孩成长的习俗。[2]上巳节[3]这一天，我们习惯为神佛准备润饼，供奉完后食用。在台南，冬天的寒意一减退，烙春卷皮的师傅便会出摊。我们等不及春天来到，还没过节，就会先吃上好几次润饼。

---

[1]　编注：可丽饼的原型是法国布列塔尼的Crepes，是用面粉烤制的薄饼，可以卷上很多配料来吃。

[2]　编注：在日本，三月三日这天是在家中摆上人偶、给女儿庆祝成长的节日，称雏祭，也称上巳节。

[3]　编注：是中国古老的传统节日，俗称三月三。此节日在汉代以前定在农历三月上旬的第一个巳日，故称上巳，后来固定在农历三月初三。

薄烙的春卷皮可利用不同的配料做出种种变化，既可作为待客的午餐，亦可作为午后的茶点。

台湾的润饼以配料种类繁多为荣，每户人家、每个地方都有各自的特色，品尝别家的润饼也是一乐。我家一定会准备酒蒸虾仁、淡味烤猪肉、乌鱼子、蛋丝、炒豆干（将豆腐紧紧压缩而成的豆制品）、炒豆芽、笋子、炒豆腐、炒蛋。还有加点盐，将豌豆荚、胡萝卜、香菇、芹菜一起炒的青菜。在盘子上将薄薄的春卷皮摊开，涂上甜面酱或花生粉。选择酱时，先摆上提味的葱丝，然后再选择喜欢的配料。包什么、包多少随个人喜好，但其中一定要加一片乌鱼子，这正是台湾风味的秘诀所在。卷起来后，在春卷皮末端抹上一点豆腐乳来黏合，便能包得干净漂亮，吃起来又方便。好玩的是每个人自己动手包，大人小孩都不由得胃口大开。

厚皮春饼较可丽饼皮稍厚，口感有黏性，可以在家中揉面制作。但是，干烙薄春卷皮却非得要熟练的师傅才会做，因此春天将近时，春卷皮摊的出现真叫人望眼欲穿。烙春卷皮的师傅做生意的家伙是一盆用水和好的面粉、热热的铁板和左右两只手，其他什么都不需要。从盆里捞起面团的手绕圈，另一只手则撕下烙好的皮，接着"滋"的一声又将材料往空的铁板上放。趁烙的时候又捞起下一片材料，手永远不停地绕圈打转。盆里的面团很稀，以平常的方式去捞，会从指缝间流下。因此手要不停地甩动，以免面团滴下来。在手的晃动下，面团会听话地结成一团，在铁板上形成漂亮的圆。

在左右手有节奏的运作下烙出一片片面皮，手法迅捷有如变戏法一般，薄如纸张的面皮陆续起锅。摊子四周总是围绕着一大群孩子，对那利落的身手看得出神。而来买刚起锅面皮的主妇为了让家人趁热吃到，小快步急匆匆回家的模样，也是润饼季节一定会出现的街景。冷掉的润饼当然也可以油炸成春卷。我小时候，春卷真的名副其实，只有春天才吃得到，但如今一年四季，菜市场一角都有人在烙面皮。随时都能享受润饼之乐虽然令人高兴，但就和蔬菜失去了季节性一样，这也失去了季节的味道。

端午节是中国的重大节日，要做馅料丰富的肉粽，会有年轻人在河上、海上划船竞赛。这些习俗源自于人们乘船寻找投身汨罗江的屈原，将粽子投入江中，好让遗骸不会遭鱼啃食的故事，但人们将这段悲伤的往事束之高阁，热闹快乐地庆祝这个节日。

各家粽子的味道都有独到之秘，人们习惯大量制作，再互相交换，因此包粽子必须出动全家的女性。我们家不但人口多，又有许多佣人，所以光是自家的分量就很可观，再加上还要分给亲戚、邻居，真不知包了几百粒粽子。我们把大工作台搬到后院坐好，吊在头上的竹竿上挂着一束束蔺草，这是要等以竹叶将糯米包起来后，方便抽出一根蔺草绑好。像一座小山般的竹叶半天之后消失了，后院只剩下竹叶香。

粽子的味道和做法每家都略有不同，但中国粽子的共通点是馅料丰富、分量十足。有的里面有猪肉、葱、虾米、香菇干等，我家则一定会包入皇帝豆。也有人家是包盐腌的鸭蛋黄，咸鸭蛋的蛋黄呈鲜艳的橘色，在粽子中特别醒目。包粽子的糯米要先泡水一晚，再用油炒过，吸收卤肉汁之后，才以竹叶包裹。有些地方以竹子皮取代竹叶，这时候是以一片竹子皮做成三角锥，绑的时候也是用风筝线绑住一个地方而已，但还是以竹叶包的粽子比较香。一般是以蒸笼蒸一两个小时，但喜欢口感软一点的人家会直接以大锅水煮。

别人送的粽子也别有一番风味，但吃吃这一家的、吃吃那一家的，结果总是觉得自己家的味道与众不同，老王卖瓜地说着还是家里的最好吃，吃得津津有味。佛坛上的祖先一定也是这么想，愉快地望着家传的好味道。

除了粽子和润饼以外，就没有什么节日固定要吃什么了。七月的七夕、九月的重阳节，佛坛上会视当季食材供奉符合时令的供品。

每天早上供奉的鲜花水果，花是母亲在花园里精心栽种的，水果则是当天早上从院子里的果树上选出最好的。因为地处南国，花果终年不绝，所以早上的佛堂总是点缀着鲜丽的色彩。

大清早摘来的水果，待父亲礼佛之后，线香的火熄了，便可以拿来吃。平常都是下午才撤下来，但有一天，姊姊嫂嫂们忙完了早上的工作，决定坐下来喝茶。

那时候我才三四岁，我们家还没搬到郊外的安闲园，仍住在台南靠近闹市区的三层大楼。当时台南的水泥大楼就只有百货公司和我们家，即使出门去遥远的地方玩，也不怕回不了家。果树围绕的一楼是父亲的公司，二楼是二十个房间，三楼则是父亲的房间和举办宴会的大厅以及佛堂。当然，现在台南大楼林立，四周的样子完全变了，但这幢建筑物依然存在，只是我记得好像变成银行了。

那时候，四个姊姊当中的上面两个已经出嫁了，下面两个姊姊、父母和我，以及三对哥哥嫂嫂都住在这个家里。两个姊姊和嫂嫂们年纪相当，其中一个姊姊和嫂嫂还是女校的同窗，不脱女学生气息，有什么事便凑在一起，热闹得很。这一天也是送哥哥们出门之后，想休息一会儿，便各自带着毛线和书聚集在客厅。不知是谁说光喝茶觉得有点空，便说："佛坛的水果应该可以撤了吧？""到三楼去拿供品，拿去厨房请人家切。"

年幼的我被派去跑腿。到了三楼，佛堂却静悄悄的，一个人都没有。在幼童眼中，占据了整面墙的黑色佛坛庞然耸立在面前。以我的身高，看不清佛坛上的情形。我爬上椅子，伸手去拿供奉的水果时，背后有人大声说话。我吓得滑下椅子，直奔回二楼，心脏狂跳，脑袋却越变越冷。好容易跑回到客厅，我便当场昏了过去。

一醒来，最小的姊姊正弯着身子在我上方看着我。我躺在沙发上，嘴里有酒味。据说是因为怕白兰地对小孩子太烈了，所以给我喝了葡萄酒。这个姊姊代替当时身体虚弱的母亲照顾我，看到脸色发青回来、一头栽倒的妹妹，整个人吓坏了。在我恢复意识之前，我想应该只是一小段时间吧，姊姊一直看着我的脸，着急得不得了。

一睁眼，我便因为嘴里的味道皱起眉头。我当时的感想是："原来葡萄酒这么难喝啊。"从此我再也没有昏倒过，但直到如今，我依然忘不了力气尽失、冷汗直流、眼前变黑的那种可怕感觉。

然而，那究竟是什么呢？佛坛的线香真的已经熄了吗？或者只是我看不见却还亮着小小的火光？背后传来的声音又对我说了什么？

事后想想，并非无法解释。父亲的房间和佛堂一样都在三楼，大概是父亲经过走廊时，发现佛堂的门开着，往里面一看，只见一个幼童爬上椅子，伸手到高处。那时候线香也许还未熄。还有香火的时候，照规矩是不能碰供品的，因此可能是父亲大喊"不行"，或者是看我爬到那种地方而喊"危险"。现在我认为自己是因为遭到大声呵斥，受到了惊吓才昏过去的。但从此以后，不到下午，我绝对不敢碰佛坛的供品。

春饼的做法

润饼皮算是登峰造极的职人技艺，但若是皮稍厚的春饼，一般家庭也能做。

饼皮的做法

材料：低筋面粉一杯，高筋面粉一杯，盐少许，猪油一二小匙，手粉（低筋、高筋均可）少许，麻油二大匙，色拉油少许。

做法：

1. 低筋面粉和高筋面粉混合过筛。

2. 将粉放入盆中。盐与猪油以半杯热水溶化，徐徐倒入面粉中，边倒边以筷子搅拌。

3. 待面糊稍凉后，以手揉面，揉成一个面团。

4. 面板上撒上手粉，将面团移至板上，充分揉面。

5. 揉至面团表面平滑有光泽后，以湿茶巾包起，在室温下静置一到二小时。

6. 面板上再撒手粉，放上面团，揉成直径三厘米左右的条状，然后切成十六小段，搓圆。

7. 面团搓圆后以手心压平，以面棍擀成直径十厘米左右的圆片。其中一面涂上一层薄薄的麻油，将另一片面皮叠上去。

8. 将叠好的双层面皮擀成直径约十五厘米的圆片。

9. 加热中式炒锅，涂一层薄薄的色拉油，将双层面皮放入锅中，盖上锅盖。小心不要煎得太焦，单面煎或双面煎均可。即使只煎单面，只要面皮松软鼓起，便代表煎好了。

10. 熟了之后取出来，将上下两层面皮分开（因为涂了麻油，趁热便可轻易分开）。每张对折再对折，排在盘子上。

说明：

面皮擀好后要立刻下锅。若擀好了放着没有立刻烤，则烤好之后，面皮便无法分开。

现烤现吃是最好的，但当人数多，必须多做一些时，在上桌前可以用蒸笼重新蒸过。

各地方有不同的春饼，大陆偏好皮厚的春饼，台湾则是以皮薄的较受欢迎，我也是喜欢用薄薄的面皮包大量的配料。熟悉做法之后，不妨试着把切成十六小段的面团分切成更多段。

春饼内包的配料和润饼是一样的。种类越多越有趣，这里列举基本的五种，以及两种作为基础调味的酱料。

味噌酱

材料一：八丁味噌三大匙，酒四大匙，酱油二小匙，砂糖二大匙，麻油一小匙半，色拉油一小匙半，花生糖粉。

材料二：花生（炒熟的）半杯，砂糖三分之一杯。

做法：

花生糖粉以市售的花生炒过，切碎，与筛过的砂糖混合。

以火烘烤味噌酱，以八丁味噌为底来熬制。将所有材料放入厚底的小锅中，以小火熬煮，小心不要烧焦。待酱料柔滑、出现光泽便熄火。

春饼的五种配料

材料：小虾子二十只，豆干一两个，豌豆荚一百克，豆芽菜二百克，乌鱼子（小）一片，葱一根，盐，酒，胡椒。

做法：

1. 小虾子挑完沙肠，放入厚底锅，加入少许盐和酒二到三大匙，盖上锅盖加热，过程中要不时摇晃锅子。九分熟时熄火，直接冷却。放凉后剥除虾壳。

2. 豆干切丝，加油炒，加一点点盐、胡椒调味。

3. 豌豆荚撕去两侧粗纤维，以加了一撮盐的热水烫熟，斜切成丝，再以大火快炒。一样以一点点盐、胡椒调味。

4. 豆芽菜去头尾，洗净，以大火快炒，加盐、胡椒调味。

5. 乌鱼子去掉外侧薄膜，以泡过酒的纱布轻拍，使乌鱼子湿润。

说明：

配料各自盛盘，依喜好夹取包起。在面皮中央涂上喜欢的酱料。选择味噌酱的，便加一点葱丝，摆上几种配料，卷起食用。

两位医生

　　只要推开城里大街上的中药店大门，走进店里一步，便觉香气扑鼻。中药里有很多东西可以当作香料，如肉桂、当归、丁香、甘草等。店里种种香味交织，飘着一股无法形容、不可思议的香味。我会被带到这里来，多半是因为生病，像是有些发烧啦、精神不佳啦，总是有哪里不舒服，但这香味甚至会令我一时忘却病痛，沉醉其中。

　　店内从地板到天花板的高墙上，一整面全都是小抽屉，里面收放着成百上千的药材。有些抽屉是动物的骨头、果实、草根，大件的东西整个放在里面。药材的形状有的是薄片，有的是粉末，形形色色不一而足，因此抽屉的大小也各有微妙的不同。药名不以文字而以记号标记，因此客人不知道哪个抽屉是什么。但拿着医生开的处方笺来到柜台，店员便会伸手到处开抽屉取药，然后用四方形的纸包起来。药包比西医院给的更大，独特的包法看似简单，却学不来，利落的手法令人叹为观止。墙上架着好几架梯子，用来拿取高处抽屉里的东西。看好几个穿着简洁朴素的店员爬上爬下、快手折纸的情景，一整天也看不腻。假如不是生病，药店其实是个相当有意思的地方。

我小时候体弱多病，定期由母亲带着看医生。中药店后方有上了年纪的中医大夫，我经常向那位大夫拿药。每当我身体不舒服，母亲便会思量该请做内科医生的亲戚看，还是去找中医大夫。

我想现在应该也没变。传统上，只要家里有人生病，那一家的主妇首先会考虑的，便是该看中医还是西医。就医生人数与医疗设施来看，当时的台湾也是西医远多于中医，但城里也有许多中医大夫，每一家中药店都生意兴隆。当然，像是手脚断了、骨头凸出来之类的重伤，或是发高烧、痉挛等的急性疾病，要直奔西医院。但假如是感冒后久咳不愈，觉得最近精神、气色不佳，这时候还是会求助于中医。

中医并非没有敷药草等外科治疗。但相较之下，出现需要长时间观察的情况时，比如病情久治不愈转变成慢性，或是看了西医、做过治疗后的病后调养，最能够发挥中医的本领。中国人在这方面经验老到，什么时候该看西医、什么时候该看中医，说视情况而定纵然奇怪，但向来应用得宜。

这阵子，听说大陆的大医院开始以西医与中医互相咨询的方式来治疗患者，我认为这是非常好的一件事。中西医双方不各自为政，能够相辅相成地进行医疗，那真是再好不过了。

生活于日本的我，提起医院或医生，指的一定是所谓的西洋现代医学。偶尔回老家，时间也不足以看中医，因此我不清楚现在的中医医疗是什么样子，不能随便加以比较，但我实在认为最近日本的医院太过依赖机器、检查了。为了做出正确的诊断，检查确实是必要的，但验血、验尿、照 X 光、测心电图、做某某扫描……患者被带到一个又一个的房间，最后搞不清楚自己看的究竟是医生还是机器。古人说"病由心生"，就算是最新的医疗，若是让患者感到不安、不耐，实在说不上是好的医疗。我没有讨论大议题的意思，但在身为中国人的我看来，日本人无论做什么都显得性急。而这份性急也见诸医疗。

我期盼医生具有恢宏的人品，只要坐在面前，便令人心境平和，可以安心托付病体。不是单靠机器和检查数据，而是倾听患者的声音，通过察看脸色、肤色，触碰身体来了解病情，不只在医疗技术方面，也在精神面给予患者力量，这样才真正能够被称为"医"，不是吗？

想到这里，我不禁回忆起在多病的孩提时代照顾我的两位医生，一位是中医大夫，另一位西医医生是我的远亲。与其说他们是我的医生，不如说是我最喜欢的两位叔叔，他们都是我心中永难忘怀的重要人物。

中医大夫总是穿着纯白的中式长袍，非常文静，给人一种仿佛连周身空气都能震慑的寂静无声的感觉。相对的，西医医生则言辞幽默，常逗得众人开怀大笑，总是穿着隆重的三件套西装。两人的外表虽然形成强烈对比，但他们可靠的双手同样牢牢掌握了病弱孩子的身心。除了给我吃药和打针之外，两位医生也安抚、疗愈了我的心。光是看着中医大夫沉静的双眼，我就非常安心，心口暖暖的，觉得不要紧，病很快就会好了。而西医林医生永远是那么开朗快活，和他一起，连病痛都忘了。是爱心？是关怀？两位医生给予我心灵的力量，比吃药和打针更有效。一定是他们，培育了身为孩子的我战胜病痛的力量。

熟识的那位中医大夫住在一家大中药店后方。穿过大批店员忙忙碌碌的店面，便来到铺着红砖的中庭。台南街头的商家就像京都的町屋一样，从面向大路的门面进去之后，是不断向后延伸的细长形建筑。只不过，台南的商家门面和进深都比京都的大上许多。穿过店面便是中庭，然后后面是一栋房子，然后又有中庭，再一栋房子。接着又是中庭、一栋房子，接连不断。穿过四五座中庭，不知不觉就从后门来到下一条马路。建筑物大都是两层楼或三层楼，但栋与栋之间有中庭，因此即使位于房屋密集的市区，采光、通风依然很好。二、三楼由宽敞的回廊相连，来到阳台，左邻右舍就不必说了，就连五六户外的邻居都能隔着阳台相望。上午休息时，女佣们会靠在栏杆上高声聊天。商家的标准形式是有面向大路的店铺，隔着中庭的下一栋是佛堂，接下来才是住家。当家的主人和家人、祖父母、结了婚的孩子们和各自的家庭，有时还有同居的亲戚，好几家人都住在一起，各自使用几个房间，陆续往后面住。我的中医大夫也是如此，最前面是药房，第二栋佛堂旁边是诊间，然后和夫人及千金们住在后面。

　　店后的中庭放满了大夫的嗜好成果——盆栽。不仅是我的大夫，中医大夫们似乎都与盆栽分不开，我记得几乎每一位中医大夫的院子里都摆了好多盆栽。也许看病的空档正好宜于修剪盆栽吧。无论什么时候，每一盆都修剪得宜，没有一根多余的树枝。庭院里一定有井，涌出冰凉的好水，这是中医医家的特色。患者中有些必须当场煎药服用，而制作中药也不能没有好水。铺着红砖的地面总是清洗得干干净净。脚放在上面，觉得凉凉的。

　　井旁有学徒们或将采回来的药草榨汁，或摊开来晒干，或以研钵捣碎。还有好几个砂锅放在炭炉上"咕嘟咕嘟"地熬着。中药就像佃煮一样，要慢慢熬煮，所以大概是在煎药吧。大群人忙着做事，但神奇的是，一点都不吵不闹，唯有砂锅"咕嘟咕嘟"地发出轻快的声响。

　　经过有井的中庭，正面五六阶石阶之上便是佛堂，佛堂右手边的房间是大夫的诊间。大夫又瘦又高，稍稍有些驼背，要是留上长长的胡须，拄起手杖，活脱脱便是画中的仙人。他高瘦的身躯穿着纯白的中式长袍，在书架包围中的大椅子房间里把脉。中医在诊断时会把脉、翻看上下眼睑，并叫患者伸出舌头察看舌苔，以手稍加触摸后，诊察便结束了。听患者的描述，看患者的脸色，便写下处方。光是这样就能知道生什么病，委实不可思议，但这便是中医的诊疗。大夫放在我额头上的手好大，也许是上了年纪的关系，非常硬，感觉凹凸不平。

大夫关心药的处方，更关心患者的饮食。有时还会为我们设计详细的菜单。好比我因为发烧不退没有食欲，母亲找医生商量。

"是吗？这样的话，最好是煮好喝的汤给她喝。最好是稠稠滑滑的，不想吃料的话，只喝汤也可以。"

"烧还没退的时候，最好吃瓜类。对了，今晚就煮冬瓜汤给她喝吧。"

"汤头要用鸡仔细熬，然后把冬瓜煮到软……令千金喜欢吃虾吗？那么可以把虾子磨成泥，做成虾丸加进汤里。她一定会喜欢吃的，试试看吧。"

大夫说起话来极静极缓，仔细将该煮什么告诉母亲。我们请大夫开了药，准备回家，才下了石阶便又被叫住："啊，对了对了，光是冬瓜汤也许不够，小孩子也需要钙质，不如做个小鱼干饭吧。"

"小鱼干要选小的，拌在饭里，用可爱的碗盛给她，她一定会吃的。"

"那么就再见了，要保重啊。"

大夫一定会在石阶上目送，直到我们穿过中庭走进药局看不见为止。我也由母亲牵着，不断回头、挥手说："大夫再见，下次见。"

无论有多少患者在候诊，大夫都一一细心应对，绝不匆忙。工作时从容不迫，晃动着长袍的衣摆，走起路来悄无声息。大夫的鞋子是夫人亲手做的绵布鞋，鞋子和衣物永远都干净得像刚浆洗过一般。

这阵子日本流行"医食同源"，药膳也备受关注，但以我们中国人的想法而言，既然任何料理的用意都是为了增强体力，料理本身便是广义的中医饮食。不是等生病了再来治病，而是以生病前就培养出好体质、好体力为第一要务。中药里也有很多香料的功效就是用来刺激食欲的。

但是，平常我们家庭所使用的药草种类极为有限，不是医生，却来说这个能治什么、那个能治什么，实在太危险了。从饮食的角度所说的药膳，与医疗的角度所说的中药，种类和用法都不同。大夫开的处方连几克都严密规定，大人小孩所使用的药草也不同，就和西医的药品一样，绝对不是外行人能够擅自使用的。

一般人所说的"补"，是补充日常饮食并增进健康，在我家则是常喝汉方的汤品。我们通常认为在身体虚或是产前产后最需要补，但并不是特地针对什么病症有效。经常饮用汤品，最后就能养出不易感冒、病痛不上身的身体。

不需中医许可也能使用的，是当归、川芎、白芍、地黄这四种药草调制而成的四味。四味又称四物，同理以八种药草调制的便是八珍。此外高丽参、枸杞也是家庭料理中经常使用的药草。尽管药效温和，但只要是药草，就不是什么直接吃就好吃的东西。为了好吃顺口，自古人们便研究种种烹调方式，有些东西一开始或许会令人觉得味道很奇怪，有一种独特的风味，但吃了第二口之后，便会越吃越顺口。

将整只鸡或鸭放入瓮中，加入水与酒以及少许盐和当归，隔水加热两三个钟头煮汤，当归变成了神奇的香料，汤便有了极其温醇的美味。其他药草也可用同样的方式煮鸡汤或鸭汤。依据一同放入瓮中的各式组合不同,草药功效会略有差异,有时候也会改用鳗鱼、甲鱼,偶尔也用燕窝。

绝大多数的时候,鳗鱼都被认为是活的最好。活生生的鳗鱼放入装有酒与药草的瓮中,不免疯狂挣扎,但仍旧被不容分说地紧紧压住盖子做成汤。照例,鳗鱼挣扎得几乎要把整个厨房都掀起来了,有时候还会遇见连大厨粗壮的手臂都差点制不住的强中豪杰。胆小如我者,则是想按又不敢按,差点连人带锅盖地被弹走。

只要一听到今天要蒸鳗鱼,就生怕又被叫去按锅盖,不由得就退缩了,但成品却美味得令人将那残酷的光景完全抛在脑后。这道料理要不是被叫去帮忙,便完全提不起劲来做,但我终究忘不了那种美味,现在正烦恼着该不该豁出去试上一试。

母亲也常逼我吃跟薄薄的高丽参片一起蒸的猪心。小时候我心脏不好,母亲很担心。以心补心虽然近乎迷信,但至少和猪心一起蒸的人参对身体有益。家里也会用单煎人参和枸杞做出汤饮。

用这些药草做出来的汤饮,在我家有时被当作茶来喝,有时用来煮面当消夜,被视为家中的日常饮食。但是,这些没有特别使用限制的汤饮,基本上是一般健康的人才当作进"补"来食用,生病时或身体有异常的人,还是必须小心。有些汤饮小孩子不能喝太多,家里若是有人血压高、发烧、身上长东西,母亲都会勤与大夫商量,一定会遵从专家的指示。

西医林医生和母亲是远房亲戚。他们从小一起长大,一见面彼此不抬杠就过不去,也就是所谓斗嘴的朋友。一天晚上,林医生来我家玩，一进门就喊：

"啊，好臭！有个怪味，莫非是你的脚臭味？"

"真讨厌，胡说些什么啊！"

"你还绑小脚啊？脚是不是都没在洗？"

当时缠足的风俗早已废止，而且林医生当然知道母亲没有缠足，但劈头便这么说。

正值冬季，我想当晚厨房里大概在晾乌鱼子吧。乌鱼子的产季是冬天，到了这个时期经常有人送礼，家里也会大量购买。假如送来的东西晒得不够干，就会在家里稍微再晾一下。乌鱼子吃起来美味非凡，但晾晒时的味道绝对说不上好闻。那味道有点腥、有点刺鼻，被归类于臭味。晾晒的时候，那味道无论如何都会充斥家中。

可能是因为缠足的人很少洗脚，或者到了夜里松开缠脚布还是会有点味道吧，只是我身边没有缠足的人，因此不敢妄发议论，但我猜想大概如此。母亲也不认输，正面应战，于是两个人的舌战便开打了。

白天无论什么时候到医院，诊疗室总是传出热闹的笑声，那是林医生在说愉快幽默的话来逗患者。有一次，母亲要打点滴，针扎进去之后，林医生接二连三地说着令人笑得发抖的笑话。身体一动，针刺到肉就会痛，但却又忍不住笑。打完针后，母亲为这矛盾的痛苦气得不得了。

遇到儿童患者，无论是谁都嚷着好可爱好可爱，脸颊也好屁股也好，不是"噼噼啪啪"地拍，便是用脸颊去摩擦。以前小孩子打针经常打在屁股上，林医生甚至还亲过我的屁股。打针前"噼噼啪啪"地拍打，用力捏，然后一针刺下去。打完针又是"啪"的一拍，说："好，完毕。"孩子因为又痒又羞而扭来扭去，忽然间就打完针了。幼童连哭都忘了，听医生的话"咯咯咯"地笑出来。

　　林医生也非常关心患者饮食，并且详加指导。今晚吃什么、明天吃什么、后天吃什么，连好几天后的菜单都帮患者决定好。每天看完诊，大都是晚上九点。白天林医生家非常忙碌，一定都是夜间才邀请我们一家人去玩。去林医生家玩的时候，也经常有电话打来，询问"可以让患者吃这个吗？只吃了这些东西又吐了"等细琐的问题，林医生都会一一给予指示，说不要紧，不必担心，或是这样不行，马上带过来。向我们说声"失陪一下"，便离席为患者看诊的情形，也经常发生。

　　"月下美人快开了，来赏花吧！"

　　某个夏天晚上收到这样的邀请，我便随着父母出门去。

　　林医生家中有个专门的茶室，我们经常在那里喝茶，但那天晚上则在深夜的中庭里，摆着月下美人的花盆，边品花香边吃消夜。爱茶的医生不太喝酒，而是到街上买些小吃来佐茶。医生引以为傲的茶室是个三坪左右的小房间，占据一整面墙的玻璃橱柜里摆着许多茶器。中国的茶器是一个茶壶与数个小酒杯大小的茶杯为一套，医生的收藏有白瓷的、青瓷的，绘图细致的、釉色雅致的，集古今名器于一堂。医生似乎偏好乌龙茶中的铁观音系列，除了藏有好几种极品茶叶，还有自己构思调配的茶叶。医生会问我们："今晚泡什么好？"由于医生的亲戚经营大茶行，我们托福，能喝到上等好茶。但因为茶太好喝了，不由得多喝几杯，因此受邀到林家做客的晚上，母亲经常为无法入眠而烦恼。

　　上等好茶的价格非同小可，尤其是大陆有许多讲究的好茶。例如有一种茶叶叫银针，加了热水，茶叶便会像细针一般笔直竖起，要以玻璃杯享用。还有特地让茶长霉再泡来喝的。堪称天价的昂贵茶叶不胜枚举，因此，不花天酒地却为茶散尽家财的败家子故事，时有所闻，无论到哪里都听得到一两则这样的传说，不过跟大陆比起来，这样的人在台湾似乎比较少见。在台湾，人们多半偏好乌龙茶和香片一类。也许是这些茶较适合南国的风土气候吧。

林医生家旁边便是有名的万川馒头店，为了爱好消夜的台南市民营业至深夜。医生家的孩子比我们家还多，有十人，光是家里的事就够医生夫人忙了，但夫人白天还坐在药局窗口为医生看诊帮忙。整天忙得无暇休息的夫人，在这个时候也能坐下来喘口气，吃着万川的饺子、包子，与母亲聊电影。医生等候月下美人开花，一面仰头赏月，眺望夜里的庭园，一面作好几首诗吟给我们听。我侧耳倾听吟咏花月的优美即兴诗，心想我们国家的诗文传统就是这样传承下去的啊。小时候只觉得医生欢乐幽默，随着年纪渐长，才懂得医生的兴趣之广泛、诗文造诣之深湛，更加深了我对医生的信赖。

盛开的月下美人在夜色中绽放，散发出浓烈的芬芳香气，浓得几乎令人头晕。医生的话让大人们捧腹大笑。

"嗯？你们在笑什么？"

"别问别问，你不懂的。"

优越的诗人医生似乎也是说黄色笑话的高手。绝妙的口才令人不由得听得出神，转眼间便深入其境，而他本人却若无其事地望着月亮。

品茶的纤细味觉，对陶瓷器的鉴赏眼光，丰富的诗情文才，黄色笑话中所显露的洞见人性，看到孩子就觉得可爱，不由得以脸颊磨蹭屁股的充沛爱情，这就是我了不起的医生。当然，我不指望所有医生都是这样，但我希望医者能有丰富的感情与爱心，医术还是其次。否则，将来我们看的恐怕会是机器人医生。

这位早已过世的内科医生之所以令我怀念不已，是因为另有一则略带酸楚的回忆。

我出生后，看到还在襁褓中的我，医生便立刻宣告："这孩子以

安闲园养鱼池的一角

后要当我们家的媳妇。"他对母亲说，要我给大群孩子中他最为疼爱的儿子当太太。那是一个长我七岁的少年。虽然不像定亲那么严谨，母亲和医生又是斗嘴的朋友，他们却没把这件事当成平常的玩笑，认为假如两个孩子长大之后彼此还看得顺眼，那也不妨考虑。

我一点都不知道有这件事，但不可思议的是，我们两人比其他手足更要好。对少年而言，小七岁的女孩大概像个可爱的娃娃吧。凡事他都对我照顾有加，等我开始上学，便帮我看功课、整理笔记，经常帮我的忙。当战事告急，台南也开始遭到空袭之后，我们上学必须携带急救包。我的急救包总是由他仔细检查，有绷带、红药水、消毒用的酒精棉片盒，等等。他会从他父亲的诊疗室选出方便好用的帮我装好，所以我的急救包总是班上最好的。

经常生病的我，屁股照例被医生又捏又打的时候，要是他经过诊察室，我会羞得无地自容。对他而言，那是自己的家，多半是因为有事找父亲或护士才刚好进来的吧，但七八岁的女孩子却因为害羞而涨红了脸。

"有个好东西，我们去散步吧！"

我们安闲园家前面有一大片养鱼池，有时候他会把我带到那里去。少年长长的腿快步走着，我小跑步跟上。走在前面的他，突然转头，说声"来"，把东西放进我嘴里。"啊！巧克力！"那时候，城里已经看不到巧克力了。那巧克力是从南方回来在医院接受治疗的日本兵所送的谢礼，他直接就把这贵重品原封不动地带来给我。

一回头便将一块块巧克力迅速放进我嘴里的少年，在战争结束后，成为台北的医学系大学生，又成为前途无量的青年医师，然后某一年，捎来了他的喜帖。我与家人一同受邀去喝喜酒，曾经敬慕的温柔哥哥英姿焕发的模样，好生耀眼。那是少女时代如梦般酸酸甜甜的回忆。"已经是很久很久以前的事了。"几年前因参加学会来到日本之时，他这样提起。

当时的他已经是位中年绅士，而我也到了儿子都长大的年纪了。"那时候真的好震惊啊，因为我万万没有想到会遭到拒绝。"

"？"

"我和父亲一起去正式提亲，却被令堂明明白白地拒绝了。"

我说怎么会，那怎么可能呢。

"是真的。明白地被拒绝了。"

母亲已在数年前往生，无从确认，但我不相信母亲会那样拒绝。会不会因为对方是认识了一辈子的好友，才不假思索地答称，当时还是初中生或高中生的我还是个孩子呢，谈结婚、订婚都太早了？

"可是啊，被拒绝之后，我和父亲两人仔细想过了，我们家全都烧光了，万万配不上你们家啊。"

是的，医生的医院在战争结束那年的空袭中被烧个精光，失去了一切。之后有好长一段时间，都是借茶行亲戚的房子看诊。可是不是的，母亲所说的一定不是那样。

"再等等吧，我还想把这个女儿留在身边呢。"

母亲一定是这个意思。可是言者无心，听者有意。眼看辛家广大的土地和房舍都毫发无伤，他认为失去了一切的自己已配不上了，才会打退堂鼓。

我从来不知道有这件事，为此出神了好一阵子。结婚来到日本，生下孩子离婚，后来又发生了许多事。经历了十多年，做梦的少女也已经跨越了不惑之年，但这一天我实在难以成眠。要是没有战争，要是医院没有因为空袭而被烧毁，我们会怎么样呢？以往净是甜蜜的巧克力回忆，现在得知原来其中还隐含着苦味，那份微苦令人心痛。

战争和战争所带来的混乱，改变了许多人的命运，也在我的中医大夫罗大夫家，留下了残酷的爪痕。

战后有一段时间，台湾的治安非常差，台南也发生了好几起凶恶的犯罪。一天夜里，发生了令人震惊的强盗杀人案，大夫的两位千金遇害了。两位千金在楼上睡觉时因听到声响而醒来，并激烈抵抗。她们被推落中庭，而强盗逃走了。两人因此不幸过世。事情太过令人震惊，我们都说不出话来，连看着罗大夫都感到不忍心。大夫在悲痛中过了一段时间，从某一天起，又和以前一样，照例开始看诊。仿佛什么事都没发生过一般，神情平静淡然。

有次我们正要出言慰问，大夫便举起手来打断，只有这个时候，脸上的表情略有所动，但立刻便恢复原有的柔和，问道："怎么啦？又发烧了吗？"仔细观察我的脸，看诊完后，大夫照常在石阶上目送我们。我在药房入口回头向大夫说："谢谢大夫，再见。"看着背对着昏暗佛堂的白长袍身影，大夫果真比以前更瘦，微驼的背也显得比往日更为前倾。深深的哀伤留下了长长的影子。

人参鳗鱼汤的做法

我们中国文化不是等身体不好才喝这道汤，而是平时就偶尔喝它，不让身体变差。这道高丽参与鳗鱼做的汤，可令人元气百倍，也许可以说是补汤吧。由于汤要在壶中隔水加热，请准备可容纳所有材料的陶壶。

材料：活鳗鱼（两大尾），高丽参四五枝，酒（米酒、日本酒或烧酒均可）两三杯，盐。

做法：

1. 高丽参切薄片，或者以水泡开后连水一起使用。

2. 活鳗鱼放入壶中，倒酒。鳗鱼会乱蹦乱跳，因此要牢牢按住盖子，等鳗鱼不动。

3. 鳗鱼不动了之后，加入高丽参与少许盐，加水，盖紧壶盖。

4. 将壶放入盛有热水的锅中，以较中火稍弱的火加热两三小时。

说明：

没有适当的壶时，也可用珐琅锅。喜欢酒的人，亦可以将一半的汤改成酒。酒和人参可完全去除鳗鱼的腥味，且因为是隔水加热，会保留鳗鱼原有的形状，一入口便化开，是一道非常可口的汤品。

我们在夏天来临之前，便以这样的汤品储备体力，好度过台湾炎热的夏天。但两地在热度上有差异，因此不妨等到夏天吃蒲烧鳗的时节，再试做这道汤品。

浅谈内脏料理

　　小时候，从大家告诉我鸟头里坐着一尊佛开始，仔细啃鸡头便成为我的乐趣。火鸡头太大了，我不敢吃，但遇到鸡、鸽子、鸭子，就会分别拿筷子或刀小心剥开，里面会出现一小块白白的东西，这就是长得像一尊坐佛的脑髓。中国人常说吃脑补脑，我也相信吃了一定会变聪明，因此遇到禽类料理的时候，一定要要头来吃。鸡的话，从鸡冠到鸡脖子红色的部分整个卤透，便会化为柔软的胶质口感，非常好吃。

　　不仅是鸟类，猪、牛的头、脚、内脏之类的部位，在日本都很少端上一般的餐桌。说珍味是为了听起来好听，但其实几乎是被当作怪东西，实在很可惜。考虑到日本千百年来都没有食肉习惯的历史背景，这也许是不得不然的结果，但我们中国人就不用说了，法国人、德国人也一样，一头动物的每个部位都吃，毫不遗漏。一想到一个生命因为被人类食用而牺牲，便无法将肉以外的部位舍弃，否则就太浪费了。从流出来的血到尾巴全部吃下肚，这才是报答被牺牲的动物最好的方法。若撇开这种宗教性的想法，内脏不但营养价值高，经由各式各样的烹调所得到的美味，更是令人难以割舍。以前的人深知这一点，许多烹饪法才得以流传至今。

各个内脏部位的味道与口感各自不同，也各有独特的美味。在日本，肝脏较常被食用，因此一说到内脏，大家首先想到的便是肝脏，并且认定内脏腥臭。但若以腥臭而论，肝脏其实不算什么，胃、肾脏的臭味才厉害。一般烹调内脏类最大的重点便是去腥除臭，但心脏和脑髓其实腥味全无，因此虽说都是内脏料理，其实有千千百百种，调理大有学问。有适合一般家庭日常食用的菜色，也有需要高度烹调技术的高级料理。尤其是脑髓料理，我认为几乎与过年时最豪华的乌鱼子同级，是最高级的美食。

猪和海鲜不同，没有盛产期，但也许脑髓料理有旺季淡季之分，一年中的某个时期，猪脑会变得很难买。中国人迷信脚不好就吃脚，心脏虚就吃心脏，也就是所谓的以形补形。同样的，吃脑就可以补脑。考试季节一到，有孩子应考的人家就会想给孩子补一补，于是便抢着去买。但无论再大的牛、猪，都只有一副脑，因此脑会从菜市场上立刻消失。即使一连好几天赶着大清早去买，也已卖完，只见考生的父母为此到处奔走。其实就算设法弄到让孩子吃了，也不能保证一定会顺利考上，但这就是为人父母的苦心，急着四处找寻。与我们相熟的西医医生家里也没有将此视为迷信、风俗，每当家里众多男孩中有人应考，便四处打听哪里有脑可以买来给孩子吃。

姑且不论脑髓料理是不是可以让头脑变聪明，或是缓解中风症况等实际利益（？），脑髓料理的美味是其他食物无可比拟的。小心将薄膜取下后，切成一口大小，裹上面衣油炸，再淋上糖醋酱，这种脑髓的滑嫩口感难以言喻。除此之外，中餐中还有数不清的脑髓料理，但最简单美味的，是以真正新鲜的脑髓做的汤。将柔软的猪脑轻轻放入容器中，加入盐、酒与上等高汤，再滴入姜汁，隔水加热即可。烹调方式便是如此简单，但这种做法最能凸现脑髓的美味。

猪耳朵则好吃在其中的软骨和皮。就连在中国，也没有听说过吃耳补耳的说法，但将毛剔干净之后，以葱、姜等辛香料一起水煮去腥，待晾凉之后切丝，与姜丝同炒，便成为一道拥有脆脆口感的特殊料理。在日本，冲绳一带也经常吃猪耳朵吧。

若说是吃猪脸，就连我也不免有些排斥，但猪、牛的额头到鼻尖这一段，除了脸也没有别的说法了。这个部分主要是由皮和少许脂肪构成，滋味相当好。重大节日烤全猪的时候，大都直接吃，但若不方便吃而剩下来，稍后便用来炖煮。但是，要吃脸的时候，首先要从正中央对半剖开。就像做红烧鲷鱼头那样，从中一分为二。在大锅里煮熟后，德国人会切碎做成香肠，中国人则喜欢切薄片蘸大蒜酱油来吃。将水煮过的食物再卤制成酱油口味，也别有一番风味。

舌头这个部位有各种烹调方式，但首先要将黏液与腥味完全去除。牛舌必须剥除一层皮，猪舌则只要确实去除黏液便可直接使用。如果是极新鲜的舌头，水煮后直接切片，酱油中加入大蒜末、葱末、研碎的虾米或切碎的榨菜，再加上姜汁，蘸这个酱来吃。这道菜最适合当前菜或下酒菜。除此之外，亦可烟熏、快炒，做成香肠，可中可西，用途广泛。尤其是西式炖菜在日本也是相当受欢迎的料理，有时做了炖菜，却发现舌头怎么也炖不软，这时候便临时拿来做中菜。切丝后，加入姜、蔬菜来炒，即使是炖不软的舌头也可以很好吃。

　　我才二十多岁，刚开始教烹饪不久时，曾受九州的养猪协会之邀，前往指导内脏料理的做法。我依照指定时间抵达会场，周遭却一副女人来这里做什么的样子，没有人搭理我。不久，开始有人问起讲师怎么了，这么晚还没到，我才怯怯地从角落出来说我就是，结果换成对方大吃一惊。因为要料理的是一整头猪，他们似乎没料到，来的竟然是一个娇小的年轻女子。这场讲习会后还前往萩市、防府等地，晚上连市长也一同光临近海的旅馆，请来艺伎欢迎讲师。但讲师是年轻女子，接待这一方也提不起劲来吧。我当时来日本才不到几年，事先不知道是会有艺伎出席的日式宴会，我还记得自己被整张脸到脖子根都涂了白粉的年长艺伎吓坏了，早早便回房休息。换成是现在，我已经在日本生活超过三十年，应该也懂得日式宴会的妙趣，便能过得很愉快吧。

　　但是，其实那个时候，我还没有料理一整头猪的经验。

　　猪脑、猪心没问题。胃和肾脏也烹调过好几次，当然大肠、小肠更是经常在处理。子宫、脚、头，我全部都行，但问题是猪肺。只有这个部位我从未料理过。即便我在娘家吃过各式各样的东西，却也很少以肺入菜。在我很小很小的时候，曾经看大厨做过一次，或者是听说过？记忆实在是太遥远了，我无法确定到底是看过还是听说过。我一面小心翼翼地将这段记忆的丝线拉出来，只怕它中途断掉，一面将我对料理的印象加以重组。

　　这件事告诉别人，不知道人家肯不肯相信，但假如说我有一项异于常人的能力，一项仅限于料理的能力，那么应该算是只要看过或吃过、听过一次，十有八九都能正确无误地将原貌、原味重现。过去我以这个方法做过许多料理，我相信只要自己不慌不忙，慢慢回想，这次一定也办得到。

肺是动物器官当中相当大的一种，中央是有气管经过的肺门，分为左右两大片。沿着记忆的细线回溯，以前在我们家的厨房，身形巨大的大厨大水嘴里含着气管，涨红了脸大口朝猪肺吹气的样子，便浮现在眼前。让肺胀起来之后，是不是把空气放掉呢？那究竟是在做什么？之后将白色的液体灌入肺中，我想那应该是掺了水的淀粉。没错，吃的时候有种软而弹的感觉，我想一定就是淀粉。先灌入空气再放掉，应该是为了先让肺充分撑开，将肺泡中细微的皱褶伸展开来，稍后才容易灌入淀粉水吧。我一想起前置步骤，便思考为何要这么做，直到想通为止，对每一个步骤一一加以确认。最后虽然制作流程整理好了，我也认为应该没有问题，却无法事先试做。

当时，东京买得到的内脏就只有肝脏、鸡内脏、牛舌、牛尾而已，就连做香肠的小肠也是很勉强才张罗到的。猪肺根本不可能有。然而，我却认为正因如此，我更应该接受这份工作，到九州去。这是料理猪肺的绝佳机会。要是错过了，往后不知道什么时候才有机会料理肺脏。不仅是肺，在台湾常吃的种种内脏料理，到东京之后，我已经很久没做了。新鲜的猪脑、新鲜的猪心，都充满了独特的魅力，令我雀跃不已。

刚肢解还没变凉的肺脏，先请人彻底冲水洗净，再加以处理。个子小、肺活量也小的我，无法像大水那样用口吹灌饱猪肺。寻思的结果，我请主办单位准备了脚踏车的打气筒，以打气的方式将空气灌进猪肺，再以淀粉水将每一寸猪肺都灌得鼓鼓胀胀的，然后将猪肺开口绑紧，放入大锅里煮。以大火煮只怕会胀破，因此我以西方人煮香肠时的摄氏七十度水温为准，慢慢煮熟猪肺以免胀破。待差不多熟了之后，再转大火。煮出来的结果和我想象的差不多。起锅后，淀粉水凝固，让猪肺富有弹性，触感就像煮软的蒟蒻。比较正确的说法，应该是介于蒟蒻和葛饼[1]之间吧。

煮好的猪肺直接切成薄片，以食用生鱼片的方式吃，也可和蔬菜一起拌炒，是万用的好材料。我最喜欢的是准备大量的嫩姜丝，猪肺也切丝，炒成仔姜猪肺。做的时候要沿锅缘炝入酒和酱油，再以少许辣椒粉调味。

那场讲习会的对象是专业料理人，但与会者没有人认为我是头一次料理猪肺，我对自己的成果也感到赞叹。我当然是从猪头到猪脚把全部的器官都料理了一遍。从清洗刚取出的血淋淋内脏开始，所有的前置作业都由自己一手包办。对我而言，也是一次很好的经验。我下了不少功夫，例如用粗筷子来代替清除肠内秽物的工具，等等。

在我小时候，台湾的菜市场就已经售有稍加清洗的内脏，而且一年比一年洗得干净。现在肠子内部已经完全洗好，最近甚至都已经先汆烫去腥了，在家调理轻松很多。但是越是轻松，离热气蒸腾的新鲜内脏也就越遥远。

心脏是内脏中最可口的部位，既不腥，也没有怪味。若是买到极新鲜的，水煮后像生鱼片般切来吃即可。在醋酱油里滴姜汁，或是在生酱油里加大蒜泥，再不然也可以在醋里加姜、香菜、大蒜等各式香辛料，蘸取自己喜爱的蘸酱，应该是最美味的吃法。只不过，在东京

---

[1] 编注：葛饼是用葛粉做的和果子，半透明，食感柔软而有弹性。

很难拿到能够这样吃的新鲜心脏，因此无论如何都必须做成重口味的。我常做的，是把猪心加葱、姜烫熟后，再用中式炒锅来烟熏。以陈年红茶叶、米、砂糖代替木屑来熏。

小时候，我身子弱，心脏也不好，因此家里常依旧习要我吃猪心。有段日子甚至每天下午三点的点心时间就吃猪心，一连吃了一个月。猪心大约有男人拳头大小。将猪心剖开，再四处多划几刀，夹入高丽参片，加少许水和盐蒸好之后，切片连汤一起吃。这道菜母亲连做了一个月，但一颗猪心分量不少，体弱的孩子原本食量就小，动不了几下筷子就饱了。看我吃不完，坐在旁边的妹妹一定会对我说："姊，我帮你吃吧！"我瞒着母亲，将盘子悄悄移到妹妹面前，于是母亲为我准备的三十个猪心几乎都进了妹妹肚里。本来就活泼健康的妹妹更加精力充沛，而我的身体虽然没有变差，却也没变好，直到今天都是如此。头一次参加音乐比赛便堂堂拿下首奖的妹妹，后来成为登上国际舞台的声乐家，是当时猪心的效验吗？我暗自懊悔，要是我硬把猪心全吃下去，也许处境就不同了。

以前的人似乎把胃、子宫都概括为"肚"这个词，甚至还有生不出孩子的女人最好吃猪肚料理、只生女孩不生男孩的女人也要吃猪肚的说法。如今想来虽然可笑，但中国人真的相信"孩子是家中之宝"。不知是否因为如此，猪肚有很多烹调法，在中餐里使用非常广泛。可在猪肚中填塞食材再炖煮，也可切薄片蘸喜爱的香辛料来吃。以酱油、八角卤的猪肚非常可口，与干鲍鱼一起炖的汤更是堪称绝品。但是，猪肚是一种腥味很重的内脏，因此料理得好不好，端看事前处理是否彻底。

首先要用粗盐、明矾将外侧洗净，再将里面翻出来，耐着性子搓洗。光是洗去黏液便是一大工程，要将细微皱褶深处的黏液也仔细搓洗干净。料理猪肚最忌性急，必须预留充分的时间来做事前准备。准备工作彻底完成之后，以葱、姜煮开，去除腥味，再来就可以做出无数道美味料理了。也有甲鱼、猪肚合璧的奢华炖煮料理，甲鱼非鱼非肉、不可捉摸的味道，与个性强烈的猪肚是绝配，会产生美好的口感。

以前的人相信猪肚对子宫有益，将猪肚与中药熬成的汤称为"换胆"，要媳妇猛喝。"换胆"这个词意味着换肚子，但假如真的有效，也应该归功于中药吧。我传统保守的母亲，也在知道邻居夫人流产好几次之后，三不五时地送换胆的猪肚汤给她喝。后来她竟连续生下三个男孩，母亲因此得意洋洋地宣扬猪肚的功效。

肝脏在日本是最普遍的内脏，营养价值也广为人知，但我认为日本人一般来说太过在意腥味了。在日本，长时间泡在水里放血被当成是肝脏料理的基础，我对此无法赞同。肝脏原本就不太有腥味，中国人也很少放血。长时间泡在水里，肝脏会吸收大量的水分，反而无力吸收稍后用来去腥的香辛料和调味料。而且一旦开始调理，肝脏会将吸的水释放出来，变成一道汤汤水水的菜肴。为了品尝肝脏原有的美味，希望大家务必能试着做做不泡水的肝脏料理。

和心脏一样，真正新鲜的肝脏只要水煮切片，蘸个人喜爱的调味料，就能吃出甘甜与美味。但遗憾的是，这阵子都不见有这样的肝脏了。

至于大肠，毕竟是腥臭味重的部位。以粗筷般的棒子将秽物去除后，要将里面翻出来，以粗盐和明矾洗净，去除腥味和黏液。这是最重要的工作，只要这一步做得好，稍微氽烫，便可用来做各种炖煮料理。好比大肠炖苦瓜、炖笋干、腌淡竹、陈年雪里红等，都是一般常做的料理。我家特有的名菜，便有一道在大肠内灌入花生与糯米的糯米大肠。

母亲和嫂嫂的拿手好菜当中，有一道是用猪小肠做的，可爱的模样实在令人不敢相信那是内脏。将小肠切成适当的长度，从一端塞进另外一端，就会看到一个甜甜圈状的小环成品。做出大量的环，与猪五花肉和大蒜一起卤。成品既可爱又好吃，孩子们都很喜欢。小肠用卤的好吃，炒起来也十分可口，做法很广，但再怎么说，还是最常用来做香肠。

冬末春初时，母亲经常做香肠。天气好但气温不高，一连有三四天干燥的日子，便是适于做香肠的时节。早春的清晨，一醒来觉得好天气会持续，便决定今天来做香肠。早上上菜市场买来猪肉和小肠，开始做准备。猪肉要稍微带点肥肉，切成一两厘米的方块，加入酒、酱油、五香粉、砂糖，腌上半天。这段时间便将小肠洗净，处理好。中午时分开始灌香肠。我们家是将漏斗的嘴塞入小肠来填充。当小肠里塞满了肉，便在适当的长度将肠衣扭紧，或是以细绳绑起，决定当天香肠的长度。做好的香肠便挂在晒衣竿上，晾在晴天的后院里。喜爱庭院的母亲做香肠、包粽子都一定是在院子的大桌上进行，一面工作，一面享受户外的空气。也唯有空气清净的时代，才能在户外让香肠自然风干。全部做好之后，竿子上挂着一串串香肠，便拿针将香肠一一刺破，放掉里面的空气。这么一来，外侧的皮和内馅才会紧密贴合，隔绝空气，让肉里面的胡椒、五香料发挥防腐剂的功用，使香肠得以长期保存。香肠要在这一整天阴干，到了傍晚则收到屋檐下。翌日起的两三天，在通风良好的地方阴干，等完全好了，便挂在屋檐下保存。

现做的香肠煎来吃很好吃，长期保存的香肠当然也可以在铁网上烤或油煎。香肠放久了会略微变硬，稍微蒸一下，再放进平底锅边滚边慢慢煎熟，又是另一种美味，忍不住一吃就是好几条。

该说是猪子宫，还是子宫到产道这一段呢？我不清楚正确的位置，但这个称作脆肠的部分脆脆的，非常好吃。洗净后与香草类的蔬菜一起水煮，再搭配喜爱的香辛料来吃，或是拿来炒。产道比大肠、小肠厚上许多，煮过之后，孔几乎会被塞住。生产过的猪或是没生产过的猪吃起来都差不多美味，但生产过太多次的似乎就不怎么好吃了。

猪肾在中国很昂贵。腥臭味虽重，却非常好吃，以前据说只有爷爷奶奶才有资格吃。多半是买不起全家人的分量，所以只给备受尊敬的大家长吃吧。

肾是过滤体内杂质最多的血液之处，因此臭味非常重。为了去除异味，必须用水泡上好几天，还要经常换水，因此事前准备要预留充分的时间。我都是对半切开后，去除脂肪与中央白白的硬块再泡水。细心正确地泡水，不仅可以去除肾脏的异味，还能让口感更好，增添风味。以姜、酱油来炒，或是做成什锦面、八宝菜来享用。

　　鸟的内脏和家畜的不同，非常小，因此经常将一只鸟的内脏全部一起料理。胗、肝都没有腥味，容易入口，炒、煮两相宜，加点甜醋和一点辣味，便是一道好菜。脖子的气管脆脆的很有嚼劲，卤鸡冠、卤鸡爪则软化胶质，入口即化。尤其是有蹼的鸭掌，一入口就忍不住吸吮起来，一根根啃得满嘴黏腻，便是吃鸭掌最大的乐趣。由于鸟的内脏小，中文里便以"鸡肠鸟肚"来形容没有度量、小气的人，说他们的肝胆就像鸟一样。

　　无论是肉还是蔬菜，材料的鲜度与料理密切相关。尤其是内脏料理，甚至可以说，材料不新鲜就完全失去意义了。不熟悉内脏的人，一开始总觉得很恶心，不免大惊小怪，但习惯之后，只见红的红、白的白、褐的褐，各有其鲜艳瑰丽之处。一看就觉得鲜活漂亮的，就是鲜度好的健康内脏。开始觉得这样的内脏漂亮之后，就能一眼分辨出有点不太对劲的、不新鲜的或是可能有病的内脏了。

　　要吃可口的内脏料理，最重要的就是先习惯内脏。我恳切地希望，市面上的肉店能够让我们更容易买到各种内脏，不要都只卖肝和鸡内脏。

脆肠的做法

　　当天现宰的猪脆肠委实可口。做法简单，也适于下酒，我在此介绍两种做法。

　　材料：猪脆肠一公斤，明矾，粗盐。

做法：

1. 以明矾与粗盐将脆肠内外完全洗净，去除腥味与黏液。

2. 以大量滚水汆烫。因为是猪内脏，必须熟透，但又不能煮得太硬，因此水滚之后大约烫个一两分钟。烫好之后，立刻放入水中，防止余热让脆肠变老。

蘸酱油的吃法

材料：烫熟的脆肠五百克，大蒜三四瓣　酱油三四大匙，麻油。

做法：

1. 脆肠切薄片。

2. 大蒜磨成泥，以麻油做成大蒜酱油，供作脆肠蘸料。

炒脆肠

材料：烫熟的脆肠五百克，嫩姜（去皮）二百克，酱油四五大匙，油两大匙。

做法：

1. 脆肠切薄片。

2. 嫩姜切丝，以油爆香，加入脆肠，拌入酱油即可。

3. 以锅铲翻动几次便可熄火盛盘，以免脆肠太老。

说明：

实际上脆肠指的似乎是产道附近的部位，但猪太老或太年轻都不好，生过一两胎的年轻母猪最可口。脆肠的美妙之处不在于味道，而是它脆脆的口感，因此火候的掌握特别重要。

据说脆肠对年轻男女具有微妙的功效，因此每当这道料理上桌，就会有人露出诡异的笑容。但在我们家是视为增强体力的食物，不分大人小孩都吃。只不过当在座的都是男人时，会出现什么话题，我就不得而知了。

南国的婚礼

我们所乘坐的巴士一进入村庄，田里的人便停下手上的工作望着我们。小孩子们从屋里跑出来，对着意外造访的巴士行列挥着手奔跑。

"对了，今天是地主家的少爷娶亲的日子嘛。"

"我们待会儿也去祝贺一下，吃顿好的吧！"

老人家因为罕见的光景而走出来，眯着眼睛抬头看着我们的巴士，与街坊邻居大声说话。

这一天，长我12岁，最小的姊姊要结婚了。距离台南车程两小时的乡下村子，便是将要成为我姊夫的他所出生的故乡。依照中国文化的传统习俗，婚礼要在新郎家举行，因此我们便动员了父亲经营的

四姊和四姊夫的婚礼合照

运输公司[1] 的巴士和出租汽车，好几辆车鱼贯而来。这里是战争末期我们一家疏散的村庄，今天的新郎是当时借屋子给我们的本地大地主的侄子。战争期间，他一直在日本上大学，才刚回来便被父亲相中，要他当东床快婿。这位姊夫不但温柔聪明又有学识，而且还非常英俊，当时还是初中生的我好生羡慕姊姊。

结婚前一天，老练的美容师来到姊姊那里，仔细为她修脸，再以蛋白敷脸。我和妹妹看到一整张脸涂得滑滑亮亮的姊姊，不禁大笑。为了逗笑绷着脸不能有表情的姊姊，我们还故意说笑话，打闹嬉笑了一场。或许是因为中国人大多数汗毛稀疏，即使是女孩子，也几乎每个人都是到了结婚当天才修脸。婚礼前剃刀头一次上脸，与其说是为了美容，不如说是意味着人生新阶段的开始吧。下一次修脸，则是父母去世之时，这也是人生的重大转折。我 17 岁时父亲谢世，当时第一次修脸，第二次则是结婚前一天。

而从此之后，即使如今已年过五十，仍从未修过脸。

我们是以剃刀修脸，但若遵从过往的风俗，本来应该是要请"开脸的"帮忙。

"开脸的"是一种美容师，是专门拔除脸上汗毛的阿姨。她们灵

---

[1]　编注：兴南客运公司。

巧地操作两条松松交叉的细线，将汗毛拔得干干净净，一根也不留。由于人们说以剃刀剃毛会使汗毛变浓，因此以前的人较喜欢请人来开脸。这工作需要相当的技术，在我们那个时代，阿姨的人数已经减少了。但我小时候，早上上学途中，只要经过小房子鳞次栉比的老市区，有时候便会看到开脸的阿姨坐在晨光明亮的后巷，为年轻女孩拔汗毛的情景。

那女孩应该是属于汗毛较浓的人吧，看来年纪很轻，不像即将出嫁。在朝阳灿然流泻的后巷，将头伸到开脸大婶胸前，轻轻闭着眼，把自己的一切托付给她的安详表情，给我留下了美丽非凡的印象。女孩身旁看似她母亲的人，正露出硕大的乳房喂小婴儿喝奶。

开脸阿姨大都身材肥壮，一见便令人安心。从事这一行，自年轻起便必须不断学艺，否则无法磨炼出高超的技艺，因此应该有年轻的开脸阿姨才对，但不知为何，我们所知道的个个都是肥胖的中年妇女。她们上身穿着中式传统服饰，下半身一定穿长裤，坐在椅子上，双腿左右大大张开。除汗毛的人则坐在低低的小凳子上，置身于阿姨的双腿之间，脸正好就对着阿姨的胸口。阿姨将两根细线的一端咬在嘴里，贴在脸上轻抚般滑动，两根线之间的细缝便绞住脸上的汗毛，轻轻拔除。

"要不要请开脸的来？会变漂亮哦。"

传统的姑姑婶婶们经常向我们推荐，所幸我们家的遗传汗毛少，显眼的地方完全没有，因此稍微用剃刀修一下即可。坐在阿姨双腿之间的样子，令我有些排斥。我结婚时母亲也曾问过，我也回绝了，说用剃的就好。姑姑婶婶们很替我可惜，说开脸一点也不会痛，还可以变成肌肤光滑匀净的美人儿。

载有穿着白色新娘礼服的姊姊的车一靠近，新郎家便一举点燃鞭炮。广大的前庭立刻充斥着鞭炮威猛的爆炸声，而迎娶新娘的一家人便以此为信号，来到前庭。

依照传统习俗，这天一大早，新郎先在自己家的佛堂里与全家人一起拜拜之后，才前来台南的我们家迎娶新娘。大家都说迎娶新娘一定要在上午，因此像今天这样，新娘家位于两小时车程之外的，新郎便会非常忙碌。当然，假如距离更远，新娘一家便会先行在附近投宿。

如今经常有家乡相距甚远的新人结婚，好比台南的新郎娶台北的新娘，因此迎娶便是到新娘一家所投宿的饭店去迎娶，直接在那家饭店举办婚宴的情况也不少。但以前的出嫁迎娶，两家大都是位于同一个城镇、同一个地方的人家，必须先出发外宿的亲事很少，新娘都是从自己家坐轿子，摇呀摇地慢慢摇到夫家。

即使同在台湾，南部与北部的结婚习俗也略有不同。由于文化是大家族主义，结了婚的两人当然是从男方家分一两个房间来住，但我们南部是从床、衣柜、沙发、茶几、化妆台等，举凡所有家具和房间里的摆饰，全都由男方准备，再迎娶新娘；相对的，台北等北部地方则是男方将房间清空，等候女方。依照习俗，家具是女方的嫁妆，要在结婚当天一早，热热闹闹地从女方家送过来。但是现在，不管是不是南部人和北部人结婚，很多人都是事先商量好，好比衣柜我们买，化妆台你们买。原因无非是传统的大家庭开始瓦解，新婚夫妇住进新买的公寓已经成为时代的潮流。

婚礼的前一晚，新娘家会全家人聚在一起做双喜。依照传统，婚礼前一晚深夜要到佛堂拜拜，晚餐后最后团聚的时间，一家人便用来拿红纸剪出大大小小的"囍"字。由两个字并排、喜气洋洋的双喜文字，要贴在次日带过去的所有大小物品上，祝福出嫁的女儿幸福美满。从大型家具，到针线盒、小镜子等琐碎的东西，都要贴上红色的"囍"字做记号，不能遗漏，因此大人小孩全都拿着剪刀，诚心诚意地剪出一张又一张双喜。

新郎家也一样，放入新人房间的东西都要贴上家人所做的双喜。但嫁女儿和娶媳妇的家人心情不同，姊姊出嫁的前一晚，一想到她就要离家了，拿着剪刀的手就不禁沉重了起来。

中式婚礼长达两天。首先是婚礼当天，一早全家人在佛堂向祖先报告，新郎前来迎娶后，新娘一行人便前往男方家。在那里举行第一场喜宴，度过一夜，然后翌日要在女方家宴客。这回就换新郎一家人大举前往新娘家。客人有学校的朋友、孩提时代的奶妈等，面孔多少有些不同，但亲戚和主要宾客是一样的，因此说到婚礼，一定是接连两天的大宴会。最近有些人嫌麻烦，不在家举行婚宴，改在饭店请客。也有豪华的新人除在双方家中宴客之外，还礼数周到地在饭店里再举办一场，这么一来就是连续三场了。若应邀参加婚礼，最好是将体能调整好再出席。因为无论什么事，中国人就是喜欢慢慢来。

由前来迎娶的新郎车领路，我们一行人抵达对方家门时，大约是十点吧。首先新郎下车，媒人下车，我们再从巴士下车，但身为新娘的姊姊则还在车上。要等到打扮可爱的小女孩捧着托盘端出一颗蜜柑，这时候新娘才会下车。若是在古时候，这时候的场面会是新娘优雅地下轿。

蜜柑是甘愿的谐音，也就是"打从心里希望如此"，这个仪式是表达新郎由衷想娶你为妻的心迹。蜜柑只要是当时生产的柑橘类即可，以红纸围上一圈象征喜事。新娘看到这个，才会踏进新郎家的院子。这是我故乡婚礼中必有的仪式，但这似乎仅限于台湾，没听说在其他地方有这样的婚礼仪式。说到这里，普通话的蜜柑念作橘子，这样与甘愿就没有谐音了。

　　新娘下了车，媒人牵起新娘的手，朝庭院正面的佛堂走，四周的嘈杂欢呼声便顿时静了下来。"但愿别绊倒才好。"姊姊拖着穿不惯的长裙，我以祈祷般的心情望着她的脚步。新娘若是因为裙摆或是院子里的石头稍微绊住了脚，便会被视为不吉利。尤其绊到门槛更是严重失态，整件婚事可能因此而泡汤。

　　一群人眼巴巴地望着姊姊的脚，刚才通知新娘抵达而大鸣大放的鞭炮散了一地，就在姊姊脚边。胆小的我讨厌鞭炮，刚才也忍不住塞住耳朵，只见好好一片绿油油的草地上散了一地鞭炮碎屑，叫人很难不担心。鞭炮在中国是喜庆时不可或缺的物品，但爆开之后遍地狼藉，再说，要是新娘子因为鞭炮声吃了一惊跌倒了，岂不是坏事了吗？我结婚的时候能不能不要放鞭炮啊？我望着姊姊的背影，心里做着孩子气的梦。姊姊紧张地徐徐前进，顺利进了佛堂。

　　向祖先报告完毕，便是将新娘带往今晚开始入住的新房的入房仪式。由家族中辈分最高的女性来负责领路，这时候新娘的脚步万万不能稍有差池。

　　"前面有楼梯。"

　　"小心，那边门槛很高。"

　　家族中的女人们缓缓跟在两人身后，因为担心新娘的脚步而纷纷开口提醒。

　　"裙摆再稍微拉高一点吧？被地毯绊到就不好了。"

　　"姑姑，你要拉好新娘子的手哦。"

　　以前每一户人家的房子都很大，不是现在所能比拟的，走廊也仿佛没有尽头，无论转了几个弯，都觉得好像永远走不到新房似的。尤其是领路的长辈若年纪很大，与必须小心脚步的新娘走这趟路，将是一大工程。以前的新娘在婚礼这一天才首度踏入夫家，因此当然分不清前后左右，这样的领路是绝对必要的。但是如今，为了看家具放置的位置、壁纸的图案、窗帘的配色等，新娘在婚礼前好几天便已数度进出两人将来要住的新房，早就知道该怎么走，却仍要依照传统的入房仪式，由女性长辈拉着手进新房。

几年前一个侄儿结婚，到了入房仪式时，大嫂以一族之长的身份牵起新娘的手。新娘也温顺地伸出了手，但大嫂却完全不知道要去的新房在哪里。房子是新建的，大嫂也没来过几次，因此不知道该往哪里走。

"该走哪边啊？"大嫂悄声向跟在我身后的四姊问。

四姊朝新娘子使个眼色："你该问新娘呀。"

新娘也答："伯母，这边、这边。"

由大嫂牵着的手反而拉着大嫂走。走在后面的我们偷笑着由新娘领路，顺利进了新房。

以前的新娘和开朗大方的现代新娘不同，要由婚礼当天才初识的老婆婆牵着手，走过旧式房子长长的走廊。在结婚的喜悦中，想起今后陌生的生活，心中想必忐忑不安。公公婆婆就不用说了，妯娌小姑等女眷会不会欢迎自己，也是决定婚姻成败的关键。

来到新房之后，新娘首先被带到化妆台前坐下。女眷们接着进房，要新娘吃许多甜食。这是事前便准备好的几碟盛装数种淋了蜜般的甜点，有糖水煮红白汤圆，有冬瓜糖，还有一种我觉得实在是难以下咽的东西：泡在糖水里的水煮蛋。这些象征圆满如意、不讲究好吃只讲究甜的点心，接二连三地被端出来，新娘全部各以汤匙吃一口，表示接受祝福。除此之外，房间的化妆台上、斗柜上、茶几等地方，都放着糖果或巧克力等甜的东西，准备分给待会儿来新房参观的客人。吃糖吃甜，是期许将来的生活只甜不苦。

　　新娘的回礼是婚宴后的奉茶仪式。家族里年纪比新娘大的女眷都集合起来，由新娘一一奉茶，以媳妇的身份问候诸位长辈。这一整天忙忙乱乱，尤其在几百个人的婚宴上，连话也无法好好说上几句，因此趁这个时候彼此认识。由辈分最长的开始依序奉茶，接过茶的人一定会在托盘上放一个装了钱的小红纸袋，也就是红包作为回礼。这代表着祝福，听说也是体贴新娘一定还害羞得不敢向丈夫要钱，希望新嫁娘不缺零用的一份心意。奉茶仪式结束后，新娘才将家人的名字与面孔连接起来，成为一家人。

　　姊姊的喜宴不到中午就开始了。广大的前庭被几十张圆桌摆得满满的，这一天的客人真不知有几百人。新郎、新娘和媒人背对佛堂而坐，靠近正面的桌位安排给双方父母以及亲戚长辈、求学时代的恩师等照顾过新人的人，然后是近亲、远亲等亲戚，朋友，手足，老一辈的佣人，大家依序而坐。在日本受邀出席婚宴，父母大都坐在末席，但在中国，父母是结婚当天仅次于新郎新娘的主角，按规矩，父母的席位几乎与主宾同等。孩子的婚礼，是将孩子们拉拔养育到这么大的父母最光彩的一刻，为了报答亲恩，双亲一定要坐在婚宴的主桌。而在佣人那一桌，会邀来已告老返家的老公公老婆婆，他们总是喜极而泣地谈起那么小的少爷、小姐如今已经一表人才、如花似玉。而更后面靠近大门那边，则放置着几张自由桌，没有固定是谁的座位。

　　相较于日本的喜宴一切按部就班，从开始的致辞到散会，说两小

四姊婚礼大合照

时就是两小时结束，台南的喜宴可说是展现了人们悠闲的性格，整场婚礼免不了有大致、随性之处，而且最大的特征应该是有不速之客吧。只要听说某某家的某某人要结婚，诸如远亲的远亲、朋友的朋友的朋友都来了，结果是毫无关系的人为了吃一顿丰盛的宴席，三三两两赶上门来。听说其中甚至有从未谋面的陌生人，也就是专门白吃喜宴的行家。但即便是这样的人，主人家也不会因为没有喜帖便请他们离开，这就是台湾人大而化之之处，既然前来祝贺，就全数招待。与新郎新娘两家素昧平生的人们，喜气洋洋地开心享用大餐，正是古今不变的台湾喜宴风光。

最近我才去参加一场在台北一流大饭店举办的喜宴。

"你认识那个人吗？"

"坐在那边那位胃口很好的老太太是谁呀？"

"我上次去吃喜酒也看到过她，可是没有人认识她耶。"

我一面不时朝入口附近后面的桌次看，一面和邻座的人低声耳语。

饭店方面也经验丰富，例如宴请六百位宾客，就会多备十桌，约一百人的份。这个部分可用可不用，端看当日有多少人用餐再照实收费。但若是这些桌位座无虚席，也就是听说有喜事而前来的陌生人们心满意足地大吃大喝，正是一派华烛盛宴的景象，因此主人家虽然嘴上说着"不请自来，真叫人头痛"，却也十分在意预备桌会不会真的空桌。

姊姊的喜宴不到中午便开始了，直到接近傍晚仍没有结束的样子。平时开朗爱笑的姊姊也因为前一天开始便一直情绪紧张，看来有些疲累。但不知是否正因如此，新娘装扮的姊姊更显得温柔婉约、楚楚动人，宛如黄昏里的一朵白花。

结束一天工作的村民们陆续前来祝贺，入口附近的桌位不知不觉便坐满了。有些人洗净了沾满泥土的手脚，吃完一顿好菜就走；有些人一看就知道是不好意思直接从田里赤着脚来，回家穿了鞋，把扁担、锄锹搁在墙后才进来。

"好漂亮的新娘子！你看看少爷高兴成那个样子。"

"大老爷一定很想早点抱孙子吧。"

一开始还与邻座低声交谈，但一喝起酒来，便越来越热闹。

"不愧是地主，最近都没有这么豪华盛大的婚礼哪！"

"这种好日子可是很难得的，好好吃一顿吧！"

不断上桌的酒菜让他们都喝醉了，甚至有人忘了把重要的生财工具带回家。事实上，料理一道接着一道，连桌子都摆不下。这一带村子宴客的重点似乎是比谁宴客时间最长、料理最多，来自台南的都市人完全被这物海战术的气势震慑了。

分量十足的一整套料理上菜完毕，还以为就此结束，没想到过了一会儿，又开始下一套菜色。正期待会是什么样的料理，但吃了一道、两道后，我们便纳闷起来了："咦，这道菜刚才不是出过了吗？""对啊，好像跟上一套的菜一样啊。"

从前菜开始，烤的、煮的、炸的、蒸的、拌的，陆续上桌的整套菜色，直到甜点，竟是将整套菜色从头到尾重出一次。因为是乡下，材料和厨师会做的菜色都有限，也难怪会如此。原来这就是大量并且长时间连续出菜的秘诀。环顾四周，觉得奇怪而窃窃私语的就只有我们这一桌，其他宾客都是一脸理所当然，和头一次出菜时同样享用着料理。以前遇到这种奇特的事情，最会打趣、最是妙语如珠，令我们由衷佩服的，就是今天的新娘，但姊姊坐在遥远的桌位，也不知是否发觉了菜色又重复了一次，仍旧像一朵白花般娴静地微笑着。

假如姊姊现在和我们同桌，会对这些菜发表多么有趣的见解呢？假如这不是姊姊的喜宴，那么姊姊也能坐在这里。一想到以后我们姊妹再也不能纵情谈笑，忽然间寂寞涌上心头，模糊了姊姊的身影。

这天的喜宴将同一套菜重复了好几次，一直持续到晚间十点多，是一场持续了十小时以上的盛宴。从那之后直到今天，我又陆陆续续参加过不少婚礼，但再也没见过如此盛大的喜宴。尽管是乡下的宴席，仍奢豪非凡。事后回想起来，这场婚礼在我家是父亲那一代的最后一场婚礼。

烤乳猪的做法

婚礼等喜庆宴会的代表性料理，非烤乳猪莫属。必须配合宴会的日子，在半年或一年前事先预定好几头血统纯正的乳猪。因为是喜事，乳猪也要讲究出身。出生两三个月、顶多半年的乳猪没有骚味，涂上各家特制的酱料来烤。我们家一概不用辛香料，用料极其单纯。

材料：乳猪一头（五到八公斤），酱料（酱油三杯，酒一杯，蜂蜜一到二杯）。

做法：

1. 取出乳猪的内脏（可将肚腹剖开，亦可由尾部取出，保留全猪的模样）。

2. 泡热水，去毛（西式做法是以瓦斯喷枪将毛烧除，但中国是一根根拔净。这样可以将猪毛连根去除，吃起来好吃得多）。

3. 茶巾泡酒扭干，里里外外仔细擦拭，以刷子将调拌均匀的酱料涂上整只乳猪，每个地方都要刷到。

4. 用铁棒从头至尾贯穿乳猪，挂在火炉上，边涂酱料边以炭火烧烤。

5. 整只猪熟透，皮烤得又香又脆，大约需时两三小时。

说明：

猪皮像派皮一样烤得酥脆最为可口。烤乳猪要勤于涂刷酱料，转动铁棒。当油滴在炭上时要将烟煽走，以避免有烟熏味，因此必须随时有人在旁照料。

有人喜欢五花肉、有人偏爱腿肉，每人口味不同，但其中也有挑嘴的人只吃香脆的猪皮。烤好时直接吃也好，搭配甜面酱和葱白细丝，也不失为一个好方法。

在眼前烧烤的花园烤肉另当别论，但如果要作为整套宴席料理中的一道菜，计算烤熟的时间就成为一大挑战。我们家倾向于在套餐前段，大约第三、第四道时上菜。

年菜

某个冬天早晨，我在脑中计算好一个小时的时差，然后拿起手边的电话，拨了国际长途。"嘟噜噜噜……嘟噜噜噜……"通话声响起，接着"咔嚓"一声，电话接通了。

"恭喜！新年好！"

轻快明朗的声音劈头传入耳中。我可是干劲十足，决心今年一定要抢先道贺的，结果又被对方抢先了。这是农历一月一日早上，我打电话向老家的手足拜年。

三十年前我刚来到东京时，有好长一段期间，打国际电话是很奢侈的一件事，不是说打就能打的，而且线路也差，拨号到接通需要相当长的时间，十分麻烦。随着时间一年年过去，现在国际电话已经成为方便的联系工具，又快又便宜。

已经开始在日本 NHK、富士电视台教课，并在各地演讲的辛永清，摄于日本家中

　　尤其是从数年前开始可以直拨台湾，随时想到都能随手拨打电话。我到东京生活之后，不知不觉，我们手足便养成公历年他们从台湾打来、农历年我从东京打去的习惯。一月一日时，台北的姊姊打电话来："你那边过年，新年快乐。公历年虽然没什么过年的感觉，不过今年还是要请你多多指教。"接到电话时，我与儿子正在餐桌上，享用一年当中只有这天才会吃的纯日式杂煮来庆祝新年。

　　我在东京生活的时间已经比待在台南的日子更长，儿子更是生于东京、长于东京。在我们母子的生活中，早已没有过中国农历新年、庆祝春节的习惯了。但是，每年一到这个时期，姊姊就会寄来许多乌鱼子。乌鱼子是我们过年不可或缺的美食，这份礼物是姊姊的心意，希望我们至少能吃到乌鱼子。我会拿这些珍味来送礼，也会自己享用，以缅怀故乡的新年。这是我仅存的春节庆祝，其余便完全习于日本的公历年了。但自从养成双方新年互通电话拜年的习惯以来，为了不弄错日期，每年年底我都会买一本农历，拿红笔在月历上清清楚楚圈起来。农历新年时分，东京通常正值严寒之际。我毕竟生长于南国，拿起话筒时总是因为早上的寒意缩着脖子。有时只见公寓窗外街上光秃秃的树枝在强劲的西风中剧烈摇晃，有时是大雪纷飞、不见天日的日子。在这样的年头，听到透过电话传来的"恭喜"与远远响起的鞭炮声，一颗心顿时好像从寒冷的东京飞到了南国的正月。

平常见了面会互问"吃饱了没"的中国人，一到过年，无论遇到谁，都改为连声互道："恭喜！""恭喜！"接电话时也不像平常说"喂"或"您好"，而是一拿起话筒便热热闹闹地说"恭喜新年好"，简直就像非比对方早说出来不可似的，抢先道贺。每年、每年，无论是哥哥家还是姊姊家，明明是我打过去的电话，却总是被对方抢先，总要晚一拍才轮到我祝贺新年。

今年春节早上，在电话中首先说"恭喜"的姊姊，她快活的声音似乎与往年有所不同。说是寂寞未免夸大，但总觉得好像不太对。一问之下，原来是年轻人全都出门了，只有她和姊夫两个人过年。

"天还没全亮，他们就上了小型巴士，闹哄哄地出门去了。"

我们家从以前开始，便会一有事就出动巴士。父亲曾经营巴士运输业也许是原因之一，但这样一大家子要大举移动，的确是坐巴士最理想。这回，姊姊的孩子们也是携家带眷出门，再加上哥哥孩子们的好几家人，浩浩荡荡一共几十个人热闹出游。高雄是著名的观光地，而比高雄更南边的地方新建了附温泉的休闲饭店，他们便要在那里悠闲地住上两三天。

"老夫妻留下来看家，拜拜也就只有我们俩呢。过年不知道什么时候变成这样了，要是爸爸看见真不知会说些什么。"但是姊姊姊夫也是一过初三就要到新西兰去玩，过年渐渐变得越来越不特别，也许是每个国家都不得不然的趋势吧。

"最近的年轻人真是的，过年期间接电话也不会说恭喜，还问您哪位，感觉好冷清啊。"所幸接到我的电话的人家都是开口就"恭喜"不绝，让我回味了故乡令人怀念的年味。

说起小时候过年，光是过年这几个字就简直像烫了金一般，是一段亮晶晶的特别时段，虽然不至于像"再睡几晚就过年？"那首歌一样，但真的也是数着手指头期待过年的到来。除夕要吃年夜饭，深夜会去参拜，一开年家家户户门上都张贴写有吉祥话的春联，在院子里放鞭炮。家里会客的房间则会摆出所有的餐桌，盛起年底花了好几天准备的各色丰盛菜肴，迎接拜年的宾客。中午一过，便有上百位客人陆续前来，必须请客人稍微就座，并吃、喝一口什么的。来客的尖峰时间，有时候前一位客人才刚离席，匆匆收拾一下，下一位客人便已经坐下，必须赶紧为客人安排餐具。有些人拜完年只挟个两三口意思意思便告辞，也有不少客人聊得忘了时间，吃个没完。

待客的料理也与平常请客不同，大部分都可归于前菜类。首先是过年不可或缺的乌鱼子。那是由母乌鱼的卵巢晒干做成的，重要性与日本年菜里一定会有的鲱鱼卵相当。乌鱼子是珍味，也是象征多子多孙的喜庆之物，广受喜爱。剥除薄膜后以酒擦拭，在火上稍微烤过是台式吃法，通常是斜切成薄片来吃。我家会搭配葱白丝，我觉得葱的呛辣与清脆的口感，和乌鱼子浓厚的风味真是天造地设的绝配。

其他的盘子里有种种事先做好的前菜，如叉烧、卤蛋、红烧牛肉、卤鸡肾肝、姜味冻鸡皮、醉鸡、油爆虾、香菇鲍片等，还有新鲜水嫩的什锦凉菜（综合凉拌）。鲍鱼、干贝、风螺、章鱼、鱿鱼、虾等新鲜鱼贝类，加上黄瓜、胡萝卜、白萝卜等生鲜蔬菜混合起来，拌以各式调味的油醋来吃，算是中式海鲜沙拉。

热的菜色有鱼翅、海参、炖全鸡等。现做的菜色方面有烧鸡和蜜汁叉烧，需要事先准备好大量长时间腌透的鸡、猪肉，视客人人数烧烤。以蜂蜜腌过的叉烧是用猪的肩里脊肉，以等量的蜂蜜、酒、酱油做成的腌料腌上一整天，烤时再涂上蜂蜜做成的，是口味偏甜的猪肉，这道菜最有价值的地方就在于热腾腾地现烤现吃。由于涂上了蜂蜜，烤起来油亮鲜红，增添正月的喜气。烧鸡则是刚出炉好吃，凉了也好吃，还可拿来凉拌，当宾客众多时，是非常方便好用的一道菜。

除了这些菜色之外，还要做大量澄澈的清汤。汤以鲍鱼、竹笋、虾丸、鸭儿芹、虾夷葱等作为配料，事先准备好几种，有需要便重新热，作为数种祝年清汤端上桌。

"马上为您安排位置，请稍候。"

我们要为刚到的客人找空桌位、上餐收餐、追加餐点，不知在厨房与客厅之间来回了多少次。

厨房则有别于会客厅，另设一桌，供平常进出厨房的商店伙计和其他厨房的客人、佣人的亲戚朋友使用，热闹非凡。佣人们也要接待来访的客人，十分忙碌，因此客厅那边的接待必须由家里的女眷来支援。母亲和嫂嫂们自然要出面，女儿到了一定的年纪，也要独当一面负起接待之责，而多少能帮得上忙的孩子们则奉命帮忙跑腿。穿上新制的洋装，绑上全新的缎带，在紧张中度过大年初一，转眼间已天黑，挤得水泄不通的客人到傍晚也如退潮般离去。次日的初二，和日本所说的"嫁正月"差不多吧？这一天女儿们要带着丈夫回娘家，我们家也是哥哥们各自陪嫂嫂回娘家，而出嫁的姊姊们则与姊夫一起回来。虽然都是家人，但明天还是有明天的客人。

因为要和客人应酬，一天免不了也要陪着吃点东西，因此累得连家人吃过饭了没都不知道。初一到初三这三天忙得团团转，一到晚上便头昏脑涨地瘫在沙发上，但来客无不一脸神清气爽，一身美丽新装，完全是新年新气象的写照，每天都愉快非凡。当然，对孩子们而言，领亲戚长辈们装在红包里的压岁钱，也是一大要事，总要互相比较今年收到多少、战果如何。

过年的准备从采买开始。春节将近时，一家的主妇便盘算今年过年要做的年菜，制定出大致的采买计划。首先必须买齐的是干货类，像是在中国文化盛宴中稳占一席的鱼翅，号称有益于眼睛、备受长辈喜爱的干鲍鱼、鱿鱼、海参、瑶柱、虾米等。勤跑菜市场，精挑细选后买下的东西多得有如一座小山。母亲上菜市场总是会买回满满两笼的东西，尤其是这个时期的购物量，更是让同行的司机提得气喘吁吁。泡开干货耗时，因此必须视菜单仔细规划准备的顺序，事到临头才不会慌了手脚。处理海参大约需要一周，鱼翅、鲍鱼则是一天一夜。瑶柱和虾米也要事先泡开，因此岁末的厨房总是摆满盛了水的锅碗瓢盆。

其次便是采买与准备炖煮料理以及酱菜的事前工作。好几个盛有大肉块的锅子生了火，"咕嘟咕嘟"滚着，厨房后门的屋檐下宰杀一只又一只的鸡，白色的鸡毛如雪般飞舞。和寒冷的日本不同，酱菜不是连吃一整个冬天，而是当下稍微用盐或酱油腌过。叶菜类、萝卜、胡萝卜、芹菜、芜菁等用辣椒快炒后加以腌渍。过年期间菜市场也休息，因此生鲜蔬菜和海鲜类要留在年底最后再买。除了直接调理之外，虾子和螃蟹可以加盐蒸熟，鱼则先以盐腌或油炸来保存。年底大量采买，不仅是为了确保菜市场开市之前的食粮，中国人很重视在丰饶的气氛中过年，因此不管是干货也好、酱菜也好，所有东西都要大量存货。等过了年，这些食品或炖煮或做汤，会多加一道手续后再上桌。一连吃上好几天正式的宴客菜之后，来点红烧鱼或香煎鱼片，完全是轻松家常小菜的口味，能在大鱼大肉之后带来松了一口气般的安适。

过年前十天起，厨房便从早到晚都有锅子在加热，好几个人忙着切东西，连休息的时间都没有。放学回家的孩子们也被叫去帮忙做自己年纪做得来的事，好比撕去豌豆荚两侧的粗纤维、摘除豆芽菜须等。进出厨房后门的人数是平常的两倍，正忙得不可开交时，一声"送货"，有人将缚着双脚、拼命挣扎的两三只鸡送到后门。这是活生生的岁末礼品，鸡脚上绑着的红纸条代替了贺卡。虽然也会收到大量的酒或盒装乌鱼子，但活的岁末礼品也陆续来到厨房。鸡是最多的，其他还有火鸡、甲鱼、鲤鱼……鸡不断地摇晃脚上的红纸，而甲鱼和鲤鱼则是在提把上绑了红纸的水桶里发出"哗啦啦"的水声。

"哎呀，看看这只鸡，好瘦呀。"

"夫人，这没办法做烧鸡的。"

"哎，没办法，就送进鸡舍养着吧。"

活的礼品当中，偶尔会有瘦巴巴、可怜兮兮的小东西，因而被送进鸡舍、放进水池养肥的也不少。几个月后去挑鸡来杀时，看到一只脚上还绑着红纸的鸡在后院乱跑，宛如这里是它的地盘一般，便知这是岁末时人家送的礼，脑海中跟着浮现送礼人的面孔，不禁苦笑。

眼看就要过年了，就该着手做年糕。首先得把元旦早上的萝卜糕和加了砂糖的甜糕做好。过年期间，我们家早上吃得很清简，在佛堂拜拜之后，只吃年糕、喝口味清淡的汤。

平常萝卜糕里会有切丝的萝卜和虾米、干香菇，但因父亲和母亲终生都吃早斋，午前一概不碰荤腥，所以也会准备没有加虾米的。甜糕则深受孩子们喜爱，事后会用来做甜点，因此要做上好几种。除了加红糖或黑砂糖的之外，还有加坚果或芝麻的。日本的年糕是以蒸熟的糯米直接以杵臼"啪唔、啪唔"一杵一杵捣出来，黏性很强；相对的，我们是拿用石磨磨过的米来做，再以蒸笼蒸熟。用的不是糯米，而是一般的米。选择黏性低的米做原料，因此做出来的年糕比日本的更软、更柔和一些。我家后院有一座约小孩子高度的石磨，我经常和厨房的婆婆一起磨米。

院子里的石磨是一个圆形台座，沿着圆周刻有一道沟，上面是两块相叠的磨盘。将泡过水的米舀入磨眼，转动石磨，便会流出白白稠稠的液体，积在沟里。台座的沟就像日本的片口壶一样，有一个突出来的口，米浆可以从那个口滴落。前后推动石磨顶端安装的长长木柄，石磨便会发出"喀喀"声开始转动。推石磨是很花力气的工作，在我家是由待了很久的婆婆或洗衣服的阿姨来做，有时候也会拜托长工推。这不像日本的石磨只用手臂的力气来推，而是要将木柄前端又粗又结实的绳子抵在肩上，用全身的力气来推。说到石磨的磨沟，就好像锯子的齿一样，说起来是很好笑，但过年前会有雕磨沟的师傅来，"叩咚叩咚"拿凿子敲打。

将泡开的米倒入磨眼主要是孩子的工作。石磨绕一圈，磨眼来到自己面前时，要准确地拿长勺将米倒进去，不能错过。

"婆婆，你觉得这次过年，我会拿到多少红包？"

"假如小姐经常帮忙，又好好招待客人的话，一定可以拿到很多的。"

"婆婆的小孙子过年也会来玩吧？"

"会呀会呀，我孙子一定也会来的，到时候婆婆也得包红包呢……小姐，喏，别忘了倒米啊。"

我和推动磨柄、发出"唧咕"声音的婆婆聊聊年菜、算计红包，推了将近半天的石磨，终于把过年年糕要用的米浆磨好了。如今只要拿果汁机打一下就完成了，但那时候在准备过年的匆忙中，只有这一天有着偷闲般的乐趣。

石磨流出来的浓稠液体要用纹路紧密的布袋接住。台座的出口绑着两层麻袋，要先将袋中的米浆去除多余水分，这样做年糕的底料就准备好了。之后就要在灶里生大火，把底料倒进冒着纯白蒸气的蒸笼。因为是液体，蒸笼要非常热，让液体在流进去的那一瞬间底部就变硬。蒸笼事先放置白铁模来取代铺茶巾的"软模"，依模的形状，可做成圆形、方形等各式形状。一开始以大火快蒸，然后再以中火慢慢蒸熟，热乎乎的年糕就完成了。

萝卜糕或甜糕都是在做年糕底的阶段将材料加进去。要是年糕变硬了，可以放回蒸笼再蒸或是用油煎，便会恢复刚出炉时的柔软。过年期间，我们喝茶时都吃年糕当点心。甜糕像日本年糕一样，放在烤网上烤得有一点点焦也很好吃，我们也会裹上面粉、牛奶和蛋和出来的面衣炸来吃。

听说日本有些地方也有盛大庆祝除夕的风俗，而在我的故国，跨年和家长寿辰为家中最重要的两大节庆。为了和家人团聚共度大年夜和开年的春节，离家而居的孩子们一定会回家。到了这天傍晚，年菜的准备必须一切就绪，园丁也将写了迎春吉祥话的红纸贴在门上。男人们在前院闹哄哄地布置好鞭炮，填充了火药的纸包已挂在竹竿头。连日大忙特忙的女人们也总算可以喘一口气，晚上要好好洗个澡，长发也比平常更用心，洗得光滑柔亮，打扮得花枝招展，准备迎接跨年夜。

餐厅的大桌之下，已摆上一个烧着红红炭火的小火炉，坐在桌前只觉脚尖暖暖的。和平常不同，这并不是为了取暖而放的，而是自古以来的守财风俗，火炉旁要绕上一圈由细绳串得密密实实的硬币，以祈求钱不会从这个家漏出去，财产不会减少。我家这时候用的金色火炉，外面绑着不知道是什么时代就有的、熏得黑漆漆的古钱。一年一度，这串钱由厨房高高的架子上拿下来，在大年夜担任守财的任务，过后又用纸包起来，收回架子深处。大年夜晚上，每一家都会拿出不知传了几代的旧钱，同时也会拿出新的东西，从这天晚上开始用。这是中国古老的习俗，围炉宴上一定要增添新的餐具。即使是小碟子、调羹也好，单单一样也没关系，但餐桌上一定要添上新的餐具。

火炉上串绕了一圈又一圈沉甸甸的铜币，守住了这个家的财产，餐桌上也多了新的餐具。于是我们安心了，觉得新的一年全家也会平安顺遂。一家人在丰饶的气氛包围下，准备送旧迎新。

这天晚上到正月初三，严禁由家中拿东西出去或是丢东西。"丢掉、少了"被视为失去财产，很不吉利，因此这段期间就连垃圾也不能丢，要小心收起来。元旦那天有超过一百位的客人，初二、初三也连日都有访客，厨房的垃圾比平常多得多，但都要好好地收在袋子里，堆进仓库，连一点灰尘也不许丢。

由于跨年夜都在寒冷的季节，餐桌上会摆出包括火锅在内的一套十二道菜的豪华大餐。就像日本有喜事时会端上附头尾的鱼，中国在喜庆宴会上也会出现全鸡、全鱼料理。基于生气勃勃的国民性，有时甚至会有整只烤乳猪上桌。烤鸡、全鸡鸡汤、酥炸鲤鱼、蒸鲳鱼等，每年母亲与大厨花上好几天研拟出来的好菜一一上桌，给大家带来惊喜。

"每个人都要吃一根。这是很重要的仪式，一定要吃长生菠菜。"

在母亲的催促下，青菜盘依序传到每个人手上。这盘没有任何调味、只是将颜色烫得很漂亮的菠菜，在除夕夜的盛宴中尤其重要，每个人都一定要吃。

到了年底，菜市场上便会同时出现特别可当成"长生菠菜"的菠菜，长约四五厘米，非常可爱，只是红色的根长长地留着，连细须都原封不动，是整棵直接从土里拔出来的。将泥土、脏污洗净，小心烫熟，不能破坏菠菜原有的形状，轻轻拧去水分后，直接放在盘子上。也许这是我出生的故乡才有的习惯，但这是期许我们像植物往大地踏实扎根、坚强成长一般，也希望新的一年从头到尾都好好的，人们才会吃绿油油带根的菠菜。

一年最后一顿晚餐的最后结尾——甜点，摆盘尤其要整齐美观。寒天或布丁等冻类或糕状的东西，边边角角都不能有破损松垮，堆起来的山型一定要严整，只听母亲在厨房里不时出声仔细叮嘱："这是要除旧迎新，所以要打点精神，小心盛好。"方形的东西一定要是正正方方的，屏气下刀；菱形的角要清清楚楚；金字塔型的就要尽量维持成漂亮的四角锥。我们怀着祈福的心情来盛装。

为了家人的健康和繁荣，父亲寿辰和除夕夜我们一定会吃的什锦全家福大面也吃完了，一家人围绕着餐桌，边谈这一年的种种边享用的全餐也接近尾声，终于到了为这一年画下句点的甜点出场了。有一年的除夕，准备了很讲究的甜点。将凝固的奶黄糕切成长方块油炸，再撒上芝麻糖。因为材料是软的，成品如何或多或少令人感到不安，但看到最担心的长方形四角都完好无缺，香喷喷、金光闪耀的一大盘送上桌的时候，我不由得松了一口气。这道命名为"过年好梦甜点"（但愿除夕这一晚能有个美梦）的甜点口感极佳，绽放着金黄色的光芒，十分适合作为豪华晚餐的结尾，是除夕夜最佳的喜庆甜点。

午夜将近零时，全家人都聚在佛堂。

"好，十二点了。大家期待的红包来了。"

父亲这句话，让孩子们差点"哇"地大声欢呼，但是我们连忙闭嘴，乖乖地在父亲面前站好。新的一年来临的同时，发压岁钱给家人是一家之主的重要任务。无论大人小孩，都一个个走到家长面前，心怀感激地收下里面装了钱的红纸包。长时间向祖先、神、佛敬拜，过了两点，孩子们已经困得睁不开眼，手中却仍紧紧握着红包，各自回寝室休息。将父亲给的压岁钱珍而重之地放在枕头底下，沉沉睡去，心中期待着明天（其实已经是当天了）会收到多少红包呢？

元旦一早，我总是被远处响起的鞭炮声吵醒。天还没亮，各处的寺院、灵庙便已大放鞭炮。我家前庭里，园丁前一天早上已竖起了好几根竹竿，上面挂着鞭炮，等着早上拜拜完，便要一起施放。若隔着一段距离，鞭炮声听起来是很热闹，但我就怕鞭炮在身旁响起，而且我不喜欢炸完的纸屑散得满院子都是。胆小的我害怕在庭院里放鞭炮，总是塞住耳朵，在角落里缩成一团。

在黎明的浅眠中，只要听到爆炸声"砰砰"作响，我就会被拉回孩提时过年的早晨。但住在东京的公寓里，鞭炮声自然不会传进来。那是什么声音呢？我的寝室窗户面对大马路，汽车排气管有时候会传出爆炸声。在半梦半醒之中，我会忍不住塞住耳朵，心想："啊，鞭炮！"又想着自己到了这个年纪还怕鞭炮真是可笑，思绪便一下子飞到故乡令人怀念的过年情景，醒来后仍痴痴地对着南方的天空遥想，良久良久。

红烧牛肉的做法

我对年菜最基本的想法，是要利于保存和富于变化。这道菜不仅做起来简单，也完全符合年菜的用途，是很方便的一道前菜。

材料：牛腱五百克，葱一根，姜一块，八角一个，砂糖一大匙余，酒两大匙，酱油将近半杯。

做法：

1. 将牛肉放入有深度的小锅中，加入拍过的葱和姜、八角、砂糖、酒、水三四杯、一半的酱油，开火加热（水量以盖过牛肉为准）。

2. 最初开大火，沸腾后将火关小，一面去除浮渣，一面偶尔将牛肉上下翻动。

3. 煮了一个半小时之后，加入剩下的酱油，煮开了便熄火，让牛肉直接在汁液中冷却。冷却之后切成薄片盛盘。

说明：

若将整块煮好冷却的牛肉直接放入密闭容器中，置于冰箱冷藏保存，七到十天味道都不会变。

惠姑

惠姑，我们都这样叫她，但惠姑并不是我们的亲姑姑。

在十几二十年前，中国常以兄弟称呼毫无血缘关系的人，感觉比血浓于水的亲兄弟更加亲近。在《三国演义》的起始，刘备、关羽、张飞三人在桃园结义，就是结拜为义兄弟。我小时候经常听说某家某人与某某家某某人结拜。

父亲的父亲，也就是我的祖父，与过世的王家爷爷是发誓同生共死的结拜兄弟。至于两人结拜为兄弟的机缘经过，长辈并没说起过。但因为这样，父亲与王叔叔便是义堂兄弟，叔叔的夫人就是我们最喜欢的惠姑，我们家与王家的往来如同亲戚。

惠姑家，当然也就是王叔叔家，是个大家庭。住着叔叔、惠姑夫妻以及儿子媳妇、女儿女婿，还有尚未结婚的孩子们，家庭成员人数比我们家还多。我们去玩的时候很少见到王叔叔，但无论什么时候去，惠姑总是热情地欢迎我们，我们很喜欢她。惠姑家和我们家安闲园一样，都位于稍稍偏离台南市区的地方。和安闲园一样，那也是座从大门到建筑中有着广大前庭的大宅。

我家是由父亲所建的，备有淋浴间、抽水马桶，在中式建筑中采用了西式的生活样式。惠姑家是富丽堂皇的传统中式老建筑，对于身为孩子的我而言，乌黑粗大的柱子或寝室里无法搬动的大床是很稀奇的，那不像是床，反而像是铺着被褥的房子，连屋内的空气都令人感到稳重威严。王家的建筑依循中式传统住宅样式，面向前庭横向伸出长长两翼，正中央是佛堂。夹着佛堂而建的一整排房间几乎左右对称，中庭之后又一进。

当时每户人家几乎都一样，王家也是以家中庭院造景为豪，只要去玩，进屋前一定会先参观庭院。我家的庭院是父亲命人运来巨石，搭建人工瀑布，气势雄浑；相对的，王家的庭院则可说是极尽精致之能事，所种的树木株株都宛如盆栽般精巧，枝叶都很讲究，庭院里的每一个区块自成天地，形成一幅独立完整的风景。形状奇妙的小石环绕着水池，细看之下是一片无边无际的大湖，湍急的细流最后形成青碧色的深潭，陶制的桥畔站着一个拄着枴杖的老人，似乎正要过桥。眼睛朝旁边一看，只见村舍人家系着一匹马，还有三名武将。这些都是色彩鲜丽的陶制人偶，描绘的正是《三国演义》里的一幕，可见王爷爷对《三国演义》的喜爱。一个小角落里精彩呈现出故事中的场景，又有深山幽谷、小桥人家，这座庭院可说是集天下胜景于一处。无论树上的枝丫，还是树下的草皮，都好像刚整理过似的，一粒沙子、一片落叶都没有。

"刚刚才洒过水，湿湿亮亮的，很棒吧。这些花今天早上才刚开呢！你们来得真是时候。"

惠姑介绍庭院的声音不由得响亮起来。母亲带着我们这些孩子和嫂嫂们一走进王家大门，"客人到"的声音才响起，惠姑便跑也似地迎出来："欢迎欢迎，你们都来啦！今天天气真好。大家都好吗？来，来看看庭院。"她说着牵起我的手就走。母亲当然已经看过几十遍了，但仍旧每次都连声称赞，我每次也都为新的发现惊叹不已。

我们去拜访王家时，有位美人会如影随形地在惠姑身后出来，跟惠姑活力十足地聊天之后，她会简单地向我们招呼几句。惠姑身高约有一米七，是当时中国女性中罕见的高个女子，而这个人则和惠姑形成对比，娇小而纤细，尤其是细细的颈项，穿起旗袍非常好看。

中式传统房舍中，祭祀祖先的佛坛前方便是待客之处，我们都是在正对庭院的佛堂喝茶。但大家在热闹的谈话时，那位纤瘦的人不知不觉消失了，到了用餐时才又一起出现在餐桌上。

"要叫小兰姑。"

母亲这样交代我们。除了"你们好"、"再见"的招呼和餐桌上的对话，这位不太开口的年轻女子，我们都叫她小兰姑。小兰姑则叫惠姑"姊姊"。

这个家佛堂右侧的建筑是惠姑的住处，左侧则是小兰姑的房间。隔着中庭的后进，是儿子、女儿们的房间。在惠姑家四处玩耍的我，有一天发现没有叔叔的房间。

"姊，叔叔没有房间吗？那叔叔要睡哪里？"

"你不知道吗？叔叔都是轮流住的。今晚睡这个姑姑这边，明天就去睡那个姑姑那边……"姊姊一脸淘气地在我耳边低声说。"要是买了手提包给这个姑姑，也一定要买给那个姑姑。做衣服、买布料一定都要两份一样的……叔叔可是忙得不可开交呢！"

叔叔忙的，似乎不只是家里的事。王叔叔是个出了名的花花公子，在外面还有好几个女人。那个时代在中国，男人除了妻子，还拥有其他女性，这被视为男人的本事。这一点我听说日本也一样。要是人数太多，妻子不高兴，要丈夫节制点是有的，但男人绝不会因此而遭到责备。做妻子的只能忍气吞声，在家持家。

元气十足、朝气蓬勃的惠姑虽然总是一副开朗愉快的模样，但她也会在目送小兰姑退回自己房间时望着那袅娜的背影，叹气般地对母亲说："她也是有她调皮的地方，毕竟还年轻呀！在家里待不住。料理、裁缝都不会，也难怪她，又没有小孩，一定闲得发慌吧。可是外子又不喜欢她出门，实在头痛。"

小兰姑应该算是日本所说的艺伎吧，本来是在高级餐厅斟酒，陪男客坐席的酒家女，是王叔叔为她赎身，把她带回家的。尽管在外面有女人是男人的本事，但要妻妾同居，若非十分有钱是办不到的。小小的家里有两位女主人，一发生冲突可就不得了了。要像王家有这么大的房子，各自有服侍的女佣，房子也一左一右分开来住，才能勉强维持平衡吧。顶多就是客人来访时出来打声招呼，用餐时同桌吃饭，其余一整天几乎都可以不必碰面。

但即使如此，惠姑对小兰姑的用心仍非比寻常。凡是给自己的使女一点用旧的东西，一定也买全新的同样东西给小兰姑的使女。有人送什么珍贵好吃的东西，一定请小兰姑一起来喝茶享用。还要求其他佣人说话时要小心，尽管自己是正室，但一定也要叫小兰姑夫人。在他们家里，似乎是称惠姑为大夫人，小兰姑为小夫人。

"那是你们父亲重要的人，绝对不可以怠慢。"惠姑这样劝孩子们。不但如此，还将年纪尚小的幺儿过继给她："你没有孩子，就把这孩子当你的孩子吧。有你疼，这孩子一定很高兴。"

有一次惠姑曾私下对母亲说，把小孩给小兰姑当养子，让她在家里有地位，她心里也很不好受，可她也是思前想后，最后才决定这么做的。小兰姑一个人在家里待不住，经常会到城里去玩。

"偶尔也想去找朋友聊聊吧，可是她那些朋友以前也都是酒家女，又不能请来家里……"

"是啊，那，今天也到城里去了？"

"就是啊。可是她们啊，好像不像我们，不是边做女红边聊天。"

"……"

"打麻将。听说她们聚在一起就是打麻将。"

"可是，你先生不是不喜欢她出门去玩吗？"

"没办法，所以只好说今天是出去学洋裁了。"

小兰姑把事情托给惠姑，自己出去玩。惠姑依小兰姑方城之战的战友人数，做了便当派人送去。所谓男人的本事，造成了有如平衡玩具的结构，其中所维持的平衡多么危险啊。王叔叔当时常因商出国。出国旅行时做伴的永远都是小兰姑。

"你还年轻，尽管去玩吧！我得看着这个家啊。"

不过等他们回来，惠姑房间里会有成堆的礼物就是了。小兰姑叫惠姑"姊姊"，每当花花公子王叔叔在外面有了新人，小兰姑就会到惠姑房间哭诉。以姊妹相称的两个女人，为了一个男人的花心互相安慰。

"你要忍着点。他就是那种人，看到了就忍不住要出手。可那只是一时花心，一定很快就会回到你身边的。因为你都好好待在家里，他也才能放心在外面玩啊。那只是一时逢场作戏，你不要太过担心，要忍下来。"

被称为姊姊的人把"我也在忍呀"这句话硬生生地吞下去，为妹妹擦干眼泪。

"好辛酸啊。"

有时从惠姑那里回家的路上，母亲会蓦地喃喃说道。无论是站在妻子的立场，还是站在妾的立场，母亲都为她们感到心酸。住在台北的姊姊这阵子想起以前的事，常这么说："我真的觉得惠姑实在很了不起。叔叔那个样子，一定伤透了惠姑的心。可是无论什么时候，惠姑都那么开朗有活力，从来不会愁眉不展。"

去惠姑家玩，到了快吃午饭的时候，惠姑就会说："来，差不多该吃饭了，你们来帮忙吧！"

王家厨房和辛家厨房充满了不同的活力。在这里是由夫人带头指挥。我就是在这个厨房深深感觉到做菜会直接反映一个人的个性。娇小清瘦的母亲将大部分的事情交给厨师大水，只会在重要的地方仔细提点，做出深具技巧、纤细优雅的料理。母亲所做的辛家味，整体而言味道清淡，发挥食材本身所具有的微妙滋味，高雅细腻。而惠姑所做的菜截然不同。体格高大结实的惠姑动作又大又快，精力十足地三两下便完成工作，做出豪迈的料理。大厨和助手们全都依照惠姑的指示行动："好！把下一个拿过来。来，这个要炸，动作快。"以"来，上菜"的气势完成料理。我们看惯母亲做菜，不禁觉得惠姑真是大胆至极的快手。

惠姑的拿手好菜，同时也是我最喜欢的，便是用酱油卤的切块带皮猪肉以及炒淡竹笋。这两道菜都是口味重、非常富有温暖气息的家常菜。

在中国的菜市场，人们将盐渍的淡竹笋堆成小山来卖。日本看到的淡竹笋相当细，但中国的则大得多，大家很少生吃，都是腌成酸笋。走在菜市场里，只要靠近卖酸笋的，独特的味道便扑鼻而来，马上就知道是在卖什么。炒淡竹笋是一道简单朴素的料理，只是将盐渍的竹笋和大蒜、虾米一起拌炒而已，最重要的就看能不能买到好吃的酸笋。惠姑可说是挑酸笋的高手，买回来的酸笋总是又肥又嫩，腌得恰到好处。

"下次一定要和惠姑一起上菜市场，学学怎么挑。"

说是这么说，但母亲在这方面似乎不怎么拿手。我暗自认为，能做出好吃的淡竹笋料理的人非惠姑莫属。

饭煮好了，惠姑就会叫人去请小兰姑："去请小夫人来吃饭，请她快点来，不然饭菜就凉了。"饭桌上，若王叔叔在家就由王叔叔坐主位，左右是惠姑和小兰姑，然后是做客的我们和儿子媳妇、女儿女婿。王家这个大家庭，人数比我们家还多，于是会为小孩子另外准备一桌。在饭桌上，夫人必须一直关照每个人是不是吃得开心。我们客人就不用说了，惠姑不时劝叔叔和小兰姑多吃菜，还说哪一道好吃，为他们夹菜。

"小夫人的汤好像冷了，去热一下。孩子们怎么样？每道菜都要多吃一些，不能挑食哦。"

以最开朗的笑声、最愉快的话题营造用餐气氛的，也是惠姑。

小兰姑这时候简直就像客人。在周遭热闹的会话中，她露出如花绽放般的美丽微笑，一面附和，一面以纤细的手指静静地拿筷吃饭。即使家里有第一夫人、第二夫人两位太太，但执掌全家的主妇毕竟只有一个。

　　惠姑大声鼓励、领导佣人们，活力十足地完成家事。尽管忙碌，但她是个一定会在空挡中寻找乐趣的人，为了让自己快乐，也不辞劳苦。

　　王家引以为豪的庭园，若要认真打理，光想就够累人了，但自从嫁到王家，惠姑就将此视为自己的乐趣了，在园丁的帮忙下每天细心照料。如今王家的庭园已经成为她一手栽培的惠姑庭园了。

　　二十年前左右，惠姑来到东京，我曾经带她到当时落成不久的新大谷饭店顶楼的大厅。那时王家的孩子都已长大成人，尽管王叔叔放荡如昔，但惠姑已经有十分的自由可以四处旅游了。由新大谷顶楼的旋转餐厅可以俯瞰东京市区，在当时是全世界少有的。我想，即使是经常出国、见多识广的人，也会觉得新奇才对。我们在那里喝茶、品鸡尾酒，等我说差不多该走了时，惠姑却说："再待一会儿吧。下次就算出来旅行，一定也是去别的国家，我想是不会再来日本了。我想多看看东京这美丽的街景，假如你不赶时间，能不能多陪我一会儿？"

　　惠姑来东京的前后一两年，我曾经带好几位来自美国、加拿大的客人来这个旋转餐厅，客人无不赞好，但没有人像惠姑这样由衷喜爱、一脸幸福地在这里久坐。即使是小小的幸福，惠姑也能深深品味。因为有这份近乎才能的修养，尽管被放荡的丈夫伤了心，也绝不忧郁沮丧、发脾气闹别扭，才能享受儿孙绕膝的幸福晚年。

　　惠姑度过了八十八年的人生。在去世前两三年，她曾对台北的姊姊说："别看我这样子，我也是吃过很多苦的。虽然在你们眼里，惠姑总是笑口常开，很快乐的样子。我啊，在该开心的时候就尽情地开心，把平日里不开心的事情全部忘掉。一定是因为这样，想大喊大叫的时候才能控制得住自己吧。"

　　惠姑热爱京剧，经常和母亲相约，到台南唯一上演京剧的"大舞台"去看戏。平常是名不见经传的巡回剧团在演，但一年中有几次会有绝不容错过的演员前来。这时候，惠姑会放下一切，场场报到，随着剧情或者捧腹大笑，或者泪眼婆娑。想必是看着高潮迭起的戏剧，完全将自己投注在主角的心情之中，随着他们或哭或笑吧。

有一年，惠姑要看的演员要来演出了，但不巧却有一个孩子发烧，看京剧又是从早到晚一整天的大工程。

"要去吗？还是这次就算了？"母亲担心地问。

"怎么能算了，我要去。把孩子也带去，因为我不放心把孩子交给女佣照顾。我已经买好好几张贵宾席的票了。药、毛毯什么的，我会全部带好，做好万全的准备，带着孩子去。"

那天，惠姑让女佣带着如山般的行李来到大舞台，在剧场的座位上铺好毛毯让生病的孩子躺好，或是抱在怀里。她按时喂孩子吃药、喝保温瓶里准备好的茶和汤，按照自己想的尽情欣赏京剧，再尽兴地回家。

听到这件事时，我只觉得惠姑有些胡搞。但后来我带着幼子与丈夫分手，在无亲无故的东京以教烹饪为生，在一点余钱也没有的贫困之中，只要一听到有意大利歌剧上演，就会想尽办法也要去。我从小浸淫西洋音乐、学习古典音乐，实在无法习惯京剧乐器的音色，但对于歌剧却是毫无招架之力。幸运的是，我硬是设法买到票去看戏的日子，没有发生孩子发烧的事情。但假如真的发烧了，恐怕我也会和惠姑一样，用毯子裹着孩子出门吧。当时，看意大利歌剧对我来说比什么都重要。也许我就是从看歌剧那短短数小时的幸福中，获得与孩子两人在日本奋斗的力量吧。

该忍的，毫无怨言地忍；该出力的，使劲出力；而该享受的时候，尽情地享受。为了克服困难，这些多么重要啊！人生漫长，并非一时的忍耐便可熬过，愉快地发泄是不可或缺的重要因素——这是我从惠姑身上学到的。就像惠姑的料理大都属于大刀阔斧的豪迈类型，如果有什么事情对她来说是无论如何都不可或缺、可以让自己快乐的，惠姑便会大胆、果敢地去争取。

　　惠姑虽然是个在好玩的丈夫背后守护大宅院的名门夫人，也会想稍微奢侈一下，却又认为该节俭的地方绝不能浪费，是个传统的家庭主妇。惠姑房间准备了加香料的美丽薄厕纸和一般的厕纸（当时的厕纸泛黑粗糙，现在几乎看不到了）两种，或许便是节俭和女人心的表现吧，现在想来不禁莞尔。

　　去惠姑家玩时，我说了声"要借厕所"，就进了惠姑的寝室。惠姑便会跟在我身后，隔着门帘，对着进入大床旁厕所的我说话。惠姑家是传统的中式建筑，寝室和洗手间都是传统形式。寝室深处的大床做成固定的，大约有三张榻榻米大小，上面似乎有雕刻。床很大，足足可以睡上三四个小孩，铺着漂亮的铺盖。这种床不仅是晚上就寝用，也供内亲女眷小憩，上了床伸长腿聊天。放下薄绢床帘，就像一个独立的房间，是个很舒服的地方。

　　大床旁，有一个挂着厚门帘的小房间，是专用洗手间。小房间里放着一个木桶，就像西式的马桶一样，坐在上面如厕。桶子每天由女佣打扫好几次，随时保持清洁。洗净后撒上除臭的香料，底部稍微留一点水。房间一角则有储水的洗脸盆，供洗手之用。水里也洒了香水。我从出生就使用抽水马桶，不习惯旧式厕所。惠姑怕我不会用，总是万般过意不去似的，在帘外陪着我，教我怎么上厕所。

　　"要先把盖子打开哦，旁边有个放盖子的地方吧？要把盖子竖起来放。"

可能桶子底部有水形成蒸气吧，盖子上总是有水滴，一竖起来就稍微有水滴流下来。

"坐上去了吗？那再来就和家里一样，没问题的。"

年纪小的时候就算了，直到我上了高中、专科，惠姑还是这样隔着门帘陪我如厕。因为她频频高声大嗓对我说话，长大之后，我在小房间里羞得都要冒汗了。但惠姑不管："那边有厕纸对吧，你要用的是右边薄的那个哦。今天正好没有粉红色的，是白色的，很没意思，不过你就将就着用吧。"那香香的薄纸是专门给像我这样的客人用的呢？还是有时候惠姑也会用，享受一下奢侈的感觉呢？

惠姑絮絮叨叨地要我别客气，多用些好弄干净。而关于如厕后的清洁，母亲也啰唆得几乎到了神经质的地步。在我家，女孩子到了会自己刷牙、洗脸、换衣服的时候，便会给她两个小桶子。母亲小时候和我上面的姊姊们，据说用的是木桶；到我的时候，用的则是珐琅脸盆，上面有不同颜色的可爱花朵图案。这两个盆都是我专用的，一个用来洗脸，另一个是早晚，以及一日中数次，如厕之后用来清洁的。家里的孩子是如此，就连新来帮忙的女孩，母亲也一定会给她两个专用的桶子，仔细叮咛她随时要保持自己的身体清洁，说这对以后要生孩子的女性而言非常重要。更何况，保持清洁是最重要、最基本的礼仪。两个桶子，洗脸的叫作面桶，洗下身的叫作腰桶。

入浴的习惯普遍流传至民间，顶多也只是这一百年的事。以前无论多么富裕的上流阶级，每天洗澡也是难以想象的奢侈，中国也一样，尤其是大陆，很多地方水资源不足，要保持身体清洁委实不易。无论是在卫生上，还是在服装仪容上，分开使用两个水桶都是女孩子不可或缺的教养。

我家在当时是罕见的兼具浴室和淋浴设备的建筑，不但每晚都可入浴，在炎热的季节甚至可以一天冲好几次澡。但即使如此，母亲仍依照中国文化传统的习惯，训练女孩子使用两个水桶，每次如厕后都要到浴室使用那个水桶。小时候一从厕所出来，母亲便会说"要洗干净"，或问"洗干净了吗"。有时候她还会跟到身边，亲自教导我们如何仔细清洗。

"用莲蓬头就好了啊。"

当我开始觉得好麻烦、母亲很啰唆时，战况已越演越烈，我们家也被疏散到乡下。地点是父亲朋友乡下的旧房子。那里既没有淋浴设备，也欠缺燃料，无法每天洗澡。我这才深深体会到两个水桶的重要性，不需母亲吩咐，也比之前更加仔细、用心地清洗。

奇怪的是，这样长大之后，不用水桶我就觉得浑身不对劲。三十年前来到日本，首次购物时，我在种种厨房用品当中，便买了两个颜色不同的塑胶制水桶。麻烦的是四五年前，我因病两度住院。之前即使是在旅途中，哪怕发高烧身体不适，每天睡前我一定要用水桶洗净，不这么做就难过得睡不着觉。所幸，我住进了单人房，等护理师最后一次巡房后，我确定不会再有人进来了，便蹑手蹑脚地起床，利用保温瓶的热水来洗。

听到这件事，住在老家的姊妹们都一脸惊异："你究竟是哪根筋不对呀？"说现在早已是水龙头一扭随时会有热水、家家户户都能淋浴的时代了，我竟然还这么做。"就连我们也老早忘了的事，在东京的你竟然还守着以前的习惯，这该怎么解释？"姊姊露出一脸不可思议的表情，身旁的妹妹便插嘴说道"东京的姊姊最近简直就跟妈一模一样"，一副受不了我的样子。最近我常觉得，自己在日本生活得越久，好像就越像中国人，连我自己都感到奇怪。姊姊、妹妹和住在东京的日本人一样，都渐渐变成现代人，与以前的中国人和以前的日本人相比，共同点变多了。只有我一个人，依旧坚守着二十岁前便早已养成的中国人的生活方式。海外生活越长久，我不由得越意识到自己是个中国人。在漫长岁月中难免遇到种种事端，每当置身于无人可商量的境遇时，我便思索着这时候母亲会怎么做，然后一一加以克服。

"跟妈一模一样"，妹妹这句话中多少有些不满。从小我对活泼顽皮的妹妹说起话来不免有些说教的意味，因此这句话也包含着妹妹对我的抗议。回首过往，也许我是在不知不觉中，追逐着母亲和惠姑这些传统中国女性的身影走过这段岁月的吧。

红烧肉的做法

这是到王家去玩时，惠姑经常为我们做的一道菜，也就是王家妈妈的味道。为了要去除肉中的油脂，现在人会先把肉炸过或蒸过一次，但这里要告诉大家的，是从前惠姑的做法。

材料：带皮猪五花肉一公斤，大蒜五六个，酱油三分之二杯，酒三分之一杯，冰糖二十到三十克，调味料。

做法：

1. 将五花肉切成五厘米见方的方块。

2. 大蒜拍扁。

3. 准备砂锅，将所有材料放入锅中，加水刚好盖过猪肉，烧一两个小时。

4. 静置一晚，捞除浮在上层的油脂，再次加热后食用。

说明：

带皮的猪肉以皮纯白干净者为佳，酱油最好用壶底油。味道意外地并不太咸，可做出可口的颜色。捞除的油脂不要丢弃，可用来炒菜。

静置一晚，翌日味道透了便很好吃。若每天都加热，一连好几天，滋味更加浓郁，特别可口。

大家庭的厨房

"你好，吃饱了吗？"

"你好，天气真好，吃饱了吗？"

走在路上，到处都可以听到这样的招呼声。

以前的台南街上，无论是钟表行、花店、鞋店、干货店，每家店门口一定有一个人搬出椅子，看着来来往往的人，什么也不做，只是坐着和邻居聊天，招呼路过的人。

"吃饱了吗？吃过饭没？"

"早"、"你好"之后，我们都习惯这么问。这是一种非常吻合爱吃、重吃的中国人心态的问候，当然是形式上问问，绝不会因为对方说还没就请客。然而造访我家的客人当中，得意地笑着回答"还没呢，那真是多谢了，我就叨扰了"这样的人还真不少。

　　一整天出入我们家的人络绎不绝，商店送货的、洗衣的当然每天都会进厨房后门，但有些人是因为来到附近就顺道过来，也有些朋友、远亲为了分送难得的礼物而来。有时是远亲、甚至远亲的远亲上门，有时连应该在国外的亲戚也突然露面。每天都有许多客人，按规矩要向这些客人问候：

　　"好久不见了，都还好吗？"之后顺便问起："吃饱了吗？吃过饭没？"对方却仿佛在等这句话似的，回答："哎呀，那真是多谢了，我就叨扰了。"说话时也不管午餐时间早已过去，或是晚餐早就收拾干净了。

　　中国人非常遵守用餐时间，来到我们家的客人，应该也已经在该吃饭的时候用过餐了才是，但还是有人一问就说还没。是不是早就盘算好，到以料理为豪的辛家，当然不能空腹而回，我们不得而知。但一听到这样的回答，尽管觉得无奈，也只好吩咐厨房："客人还没吃饭，麻烦了。"现在回想起来实在很不可思议，因为我们家明明不是饭馆，却只听到："是，马上好。"

　　若是两三人份的餐点，便立刻端上桌。不是餐厅的一般人家，却任何时候都要做饭，厨房想必很辛苦，但我家却不曾有过"不巧现在没有东西"、"只有这点东西"的情形。白天是中饭，晚上是晚饭，总端得出该有的餐点。

　　我们家人对这样的来客一一端出餐点招待，因此家中的佣人也是只要一见人，便问："吃过饭没？"更会请来到后门的朋友坐上厨房的餐桌。分明不是用餐时间，却在造访的人家吃饭，这种事情如今实在难以想象，但也许是以前中国这样的人家还不少吧。小时候我还以为无论客人何时上门，立刻端出餐点都是理所当然的。

　　如前所述，我的烹饪不是在烹饪学校里学的。绝大多数都是在访客络绎不绝的家中厨房，看着母亲和佣人们烹煮，耳濡目染学会的。不知为何，小时候我是个喜欢观察烹煮料理过程的孩子。如今回想起来，家中厨房留给我的宝物，远胜于任何烹饪学校。

的确，上烹饪教室、文化中心学习，能够在短时间内学会技术。然而我总觉得料理（其他任何事情也一样）有很重要的一点，是这些地方学不到的。看到付了钱给教室、文化中心就放心的人，我总觉得他们忘了最重要的事情。在日本，这样性急的人实在不少啊。

话题偏了。

几年前，我有机会向饭店的大厨师们谈中华料理，因而曾经走进希尔顿饭店的厨房。宽敞的厨房里，大批穿着制服、戴着帽子的厨师们一起工作的模样确实壮观，但看到他们以水"哗啦啦"地冲刷水泥地板时，我不禁蓦地忆起往昔，孩提时代家中厨房的情景历历在目。

我家厨房无论是地板还是墙，都贴了瓷砖。一天终了时，一定要以水冲刷得干干净净。中华料理经常使用大量的油，厨房开伙一整天下来会累积不少油垢。晚饭收拾干净之后，佣人们当天最后的工作便是以磨砂粉刷洗墙上、地上的瓷砖，再以水冲刷干净。孩童们被赶上床的时候，厨房里的女人们正忙着刷地板。听说我小时候一定要去厨房说"晚安"，否则不睡觉。

厨房大约十坪左右吧，墙边有两座贴着瓷砖的大柴炉，四面是餐具架、橱柜，正中央是调理台，尺寸很惊人。厚厚的木制调理台本身就是一张大砧板，也是可以在上面撒粉揉面、做包子的面台。工作结束之后便整理干净，成为佣人们的餐桌。我从手够不到调理台的时候起，便会自己拖着椅子过来，打翻桌上的调味料呀、粉类的，忙着帮倒忙。即使如此，在我的帮忙还没有变成捣蛋之前，大人也不会把我赶走。只有在炸东西或倒掉大量热水时，大人才会摆出可怕的脸色对我说："到旁边去。"于是我才不甘不愿地从椅子上滑下来，到厨房一角乖乖地看着。

　　两座柴炉各有三口，可供六锅同时开工。最角落的那一口架着大大的汤锅，一整天都不熄火，以便随时供应热水。到了傍晚，六口炉同时烧得火红，炒的炒，炸的炸，煮的煮，同时烹调汤、饭。在蒙蒙蒸气中油锅响，锅盖"咔嗒咔嗒"叫，整个厨房宛如一个鲜活的生物，活力十足。

　　我们家固定六点开饭，因此四点半便要开始准备。水槽里洗着成堆的蔬菜，依菜色分别切切烫烫。该准备的都准备好之后，母亲和嫂嫂们便会进厨房。母亲仔细叮咛工作中的女人们，视察整体进行的状况，在关键之处亲自下手。当然，也有完全由大厨一手包办的菜色，还有嫂嫂们的拿手菜。为了让嫂嫂们传承下去，母亲经常故意不出手，但最后的成果，都要母亲点头才算数。

　　调理进入最后关头，厨房便会升起一股紧张感。就连在大人之间晃来晃去的我也会顿时停下来，看着母亲尝味道。母亲有时也会拿小碟子让我尝，问我意见，这时候我便会挺直背脊，竖起耳朵，将全身的精神集中起来。

　　日本有"妈妈的味道"这个说法，并且认为这在孩子的心理成长中扮演了重要的角色。但对于喜爱料理、让我们吃过各种东西的母亲，我很难举出有哪一道是母亲的菜。我思索着对自己来说什么是母亲的味道时，兴起了问问儿子的念头。

　　"对你来说，妈妈的味道是什么？"

　　"嗨嗨嗨……"漫长的沉默之后，儿子回答道："应该是那个吧……"

　　几个月之后再问，又说："应该是这个吧……"

辛永清与妈妈摄于安闲园，当时辛永清已结婚，正在等待签证办妥后赴日

　　他说出的是截然不同的两道菜。我逼问他究竟是哪一道，他的理由是："因为吃太多了，没有特定哪一道啊。"不过他说，在我担任外出教学工作的那段期间，曾经一整个月都做同样一道菜。我根本早已忘记这件事，他却在这意想不到的时候报了一箭之仇："那个我就真的没办法喜欢了。"一直让孩子吃同一种东西，那并不会成为妈妈的味道。我母亲传承给我的味道，是母亲所做的每一道料理风味底部所串流的基调，那对我来说就是妈妈的味道，同时也是代代相传的辛家的味道吧。

　　不过，母亲的确有一道别家绝对吃不到的独门料理。那就是凤梨猪皮。在我家，这道菜是母亲的重头戏，除了她，没人会做。要先将猪皮晒到干透再炸，若炸得好，便会膨胀为原来的三倍。把这样的猪皮再拿来慢慢熬煮，就会变得又软又绵。若要问我像什么，有些难以回答，但那道菜就是用这软绵绵的猪皮和凤梨一起烩炒的料理。大都是做成糖醋口味，偶尔也会做成咖喱口味。若是以"只有母亲才会做"的意思而言，也许这可以说是我妈妈的味道吧。

我小时候没有瓦斯，到了十岁左右，就会有样学样地劈柴。我将堆放在仓库屋檐下的原木，劈成粗细相当的木柴，从引火的细小木条，到粗的、中的都有。干净利落的劈柴技巧十分重要，是掌管一家的主妇必须学会的，我们小时候也经常看见母亲劈柴。娇小的母亲双手纤细，但一抡起柴刀，后院里便响起"哪、哪"的清脆声响。战时疏散地人手不足，母亲每天劈柴。有一天，木片乱飞，砸坏了母亲戴在腕上的玉镯。那只玉镯是母亲十六岁当天收到的成人礼，从来不曾拿下，形同护身符。玉镯虽然断了，但母亲毫发无伤，可说是玉镯充分尽到了护身的职责。但再怎么说，那只玉镯很昂贵，我觉得有些可惜。战争结束后我们回到城里，过了一阵子，母亲手上又戴起翠绿的手镯。原先断掉的地方以金子衔接起来，形成一只美丽的手镯，仿佛原本就刻意如此设计一般。母亲戴着手镯的那双手，依旧劈着柴。

除了烧柴的炉灶，厨房里还有好几个小火炉，用来烹调需要以炭火长时间炖煮或是量极少的料理。烧剩的炭会放入熄火罐中。曾烧过一次的炭容易引火，只要有这个，翌日生火就非常轻松。

现在有了自动点火的瓦斯炉，只要一扭就有火，以前每天生火的辛苦仿佛做梦一般。那时候天还没亮就蹲在厨房炉灶前，女人们以木屑当火种"呼呼"吹气的身影，真令人怀念。有时候火一下子便旺了，有时候只会猛冒烟，点不着火。尤其是台湾也有雨季，柴、炭潮湿，生火更是难上加难。

自动点火固然方便，可一旦装置发生故障，生长于现代的孩子们，据说连用火柴点燃瓦斯炉都不会。我本以为是笑话，但我所教的小姐当中真有这样的人，情况似乎有些严重。尽管不会点火柴的千金小姐是特例，但中华料理当中既有豪迈的菜色需要熊熊大火处理，也有些蒸的菜色需要微妙的火候调控。在一个瓦斯钮就能随心所欲调节火力大小的时代，说起过去被严格要求如何做火种、如何摆柴火的往事，恐怕也没有人能体会吧。生活在公寓里，少不了这种现代的便利，但另一方面，望着火苗时的幸福，被交代要顾火的日子，被熏得火热的脸颊，偶尔也会从遥远的记忆深处苏醒。

在我老家的厨房里，由大厨大水担任母亲的左右手，带头指挥众人。佣人多半就住在家中，或是在庭院中筑屋而居，但只有大水是通勤上班，每天早上七点左右由自宅前来。早饭前一晚已经规划好，由厨房里的女人准备即可。母亲用过早饭，便搭乘人力车或轿车，视当天的交通工具，由车夫或司机陪同前往菜市场。上菜市场买菜，是每户人家主妇的一大工作，每天一定由母亲以及后来承接母亲棒子的嫂嫂出门采买。台南市的菜市场在台湾也是首屈一指，海鲜、蔬菜、水果都很丰富，一次满足爱吃的台南市民的胃，充满了活力。一想起故乡的菜市场，就让我至今仍兴奋不已。

除非有特别的客人，否则几乎不必为每天的菜色发愁。只要走在菜市场里，当天捞捕的活跳鲜鱼、现摘的青菜，似乎都在呼喊着"吃我吃我"。只要以当天菜市场上最闪闪发光的材料直接烹煮上桌即可。学校放假的日子，我一定跟在母亲后头一起去。小心选材，大胆杀价，没有别的事情像上菜市场买东西那么有趣了。偶尔回乡，只要一步入菜市场，我便热血沸腾，还会被同行的姊姊警告呢。

同行的车夫或司机双手提着满满两篮的东西，一回来，母亲便把买回来的食材摊在厨房的大桌上，与大水讨论详细的菜单。跟随母亲多年，大水深知母亲的喜好，会提出运用材料原味又富于变化的菜色，两人的意见大都不谋而合。

早在我出生之前，大水便已在我家工作很久了。等我懂事的时候，大水已经变成老爷爷了，虽然又胖又壮，但红通通的脸总是笑眯眯的。大水的手臂非常粗，用起沉重的中式炒锅来轻松自如。我家的锅子直径恐怕有六十厘米吧。现在我在自家厨房里用的是直径四十二厘米的，在家上人数少的烹饪课使用，大约可以烹调十四五人份的料理。我长大的家庭和中国其他地方一样，都是人口繁多的大家族，家人加上佣人，以及不知该说是寄居还是食客、总是在家居停的客人，用餐的人数不下三十人。但是，等我开始进厨房的时候，大家族已稍微调整过了，原本同住的三个哥哥中的两位，带着家人、孩子于安闲园中另行居住。即使如此，父母、我、妹妹、哥哥、嫂嫂和他们的孩子，再加上佣人与不速之客，每餐还是要准备二十人份的饭菜。因此锅、盆类全都是大型的。

"危险哦，让一让。"

小时候，好奇心强的我在厨房中到处探险，不小心太靠近热锅，大水便会把我抱起来，放在安全的地方。但他会给我菜屑或是面团，满足我幼小的探险精神。对我来说，厨房是全家最有趣、最好玩的地方。虽然大家屡屡嫌我碍事，要我走开，但每次我还是不死心地钻进去，热烈要求："让我帮忙啦，好不好？让我帮忙啦。"

收拾好中饭到准备晚饭期间，有一小段空当，大水常说故事给我听。一开始会说不同的故事，但因为我太常央求他说了，到最后总是说同一个傻女婿的故事：

> 很久很久以前，有一个傻女婿，他老婆人长得漂亮，又非常聪明。
>
> 有一次，亲戚齐聚一堂，不懂得吃饭规矩的女婿这下可糟了。媳妇发挥她的聪明才智，在女婿的脚上绑了一条绳子。拉绳子就表示可以吃，没有拉绳子给暗号，就表示不能吃。
>
> 结果女婿按照老婆的暗号，吃得很有规矩。大家都很惊讶，那个傻女婿娶了老婆，竟然变聪明了。这时候，有一只鸡闯了进来。鸡被绳子绊住了，大跳大闹，于是傻女婿大吃大喝，忙得不得了。嘴里塞得满满的，塞不下了，便装进口袋里，七手八脚，乱成一团。

同样的故事，我每天听也听不腻。

大水亲切、随和，力气又大，不过好像有点胆小。这是大水太太来我家跟我母亲说的。大水和太太两人住在一间小房子里，有一晚来了小偷。小偷要偷的不是屋里的东西，而是屋外结实累累的丝瓜。大水太太因为可疑的声响而醒来。"你去看看，"说着往旁边的床一看，大水大大的身躯缩得小小的，拿毛毯蒙住头，正浑身发抖。"我家那口子真是没用。"大水太太直叹气，说小偷偷走了好几条正当令、一看便令人垂涎欲滴的丝瓜。我家院子里也有一架很大的丝瓜棚，四月末了便有果实上桌，但大水家的丝瓜据说是特别好。小偷白天便已经来侦察过，夜里把最好的都偷走了，让大水太太好生气恼。

说到丝瓜，在日本顶多只会想到丝瓜水，或是洗澡时用来刷背的丝瓜络，但在我的故国，丝瓜可是种堂堂的蔬菜食材。在许多瓜中留下几条放到秋天，自然可以用来刷背，但食用的丝瓜叫作菜瓜，要趁四五月还嫩的时候摘来吃。丝瓜摘采的时间要挑得精准，稍晚就会变得老而多筋。长长的果实下所结的黄花看似将掉未掉时，只要绿色的外皮出现些微的变化，就要赶紧摘下来。

去了皮切成薄片后，丝瓜要泡在大量水中。因为丝瓜的涩味虽然不如茄子那么重，但或多或少还是有。耐心地将丝瓜炒软之后，便形成一道高雅的美食。可能是我联想到丝瓜水吧，总觉得这是道美容料理。无论是烹调还是吃的时候，母亲常这么说："吃了皮肤会变漂亮哦。"

用新鲜的小虾或是虾米，加上大蒜末、猪肉丝炒香之后，放入丝瓜，耐心慢慢炒。丝瓜味道非常纤细，搭配的材料味道也不要太重，用一点盐和一点酒调味即可。等白色透明的丝瓜香滑软嫩地起锅，就是一道初夏的季节之味。把这道炒菜瓜加在快煮好的粥里，便是菜瓜粥，最适合给孩子、老人及病人食用。在炒菜瓜的淡盐味中加上些许胡椒或麻油，不仅易于消化，连食欲不振的人也会意外地胃口大开。这是道常见也备受喜爱的料理，以前是宣告夏天来临的季节性菜肴，现在四处可见温室栽培的丝瓜，一整年都吃得到。

最近虽然变少了，但在日本，到了夏天，许多人家的庭院都架起绿油油的丝瓜棚。每当看到好几条挂在架上的丝瓜，我都觉得不可思议，为什么日本人不吃丝瓜呢？最近日本人的饮食生活急速扩展，但说到丝瓜，却仍然只有浴用刷的印象，一听到中国人吃丝瓜，便一脸奇怪。就连大型超市的中华料理蔬菜卖场也都还没出现过，是不是该引进了呢？这种可口的蔬菜没有怪味，清甜的味道符合日本人的喜好，只要吃过一次，保证一定会喜欢。

不光是丝瓜，在我的家乡，食用瓜类非常丰富。其中，苦瓜是日本本来没有的，现在却已经在日本的蔬菜卖场取得了公民权。而这也仅限于醋味凉拌、清烫而已，苦瓜真正的美味尚未广为人知，实在可惜。[1] 美中不足的是，目前菜市场买得到的，好像只有冲绳一带送上来的苦瓜，与我故乡的品种略有不同。

苦瓜料理的种类非常多，但几乎每一种都相当耗时，因为经过长时间慢慢加热，才能够充分释放出苦瓜的鲜味。正如其名，苦瓜是一种具有苦味的蔬菜，无论要做成什么料理，都要从汆烫去除苦味开始。

虾米苦瓜是将虾浆填在苦瓜里蒸煮的料理。要将苦瓜剖半汆烫，挖除瓜瓤后填入加有香菇、蛋、淀粉的虾浆，蒸一个小时。凹凸不平的苦瓜形状有趣，内馅颜色鲜丽，是一道赏心悦目的料理。若是没有好虾，可以用瘦绞肉来代替。使用绞肉时，要加入葱末以去除肉腥味。这在苦瓜料理中是属于清淡高雅的，浓郁醇厚的代表则是将苦瓜用排骨、豆豉炖煮而成的排骨苦瓜，凡是吃过的人无不上瘾。

豆豉类似日本的纳豆或大德寺纳豆，经常作为炒、煮鱼肉时的调味料。由于豆豉会不断释出类似酱油的味道，尤其适合用来做长时间炖煮的料理。排骨要先炸过，然后与豆豉和切成大块的苦瓜煮上整整一个小时。料理时只要有豆豉的鲜味就够了，不需要其他调味料。假使这样还嫌不够，顶多是在最后滴上几滴酱油。可以煮到苦瓜几乎快化了，若想保留完整的形状，那么先煮排骨就好。

有一次电视台指定我介绍使用电子炉并适于慢炖的料理，我便使用冲绳产的苦瓜做了这道菜。我的舌头虽然认为其实应该要更好吃的，但试吃的工作人员似乎人人醉心于这种头一次品尝的味道。从此

---

[1] 编注：由于时代的不同，如今日本不再限于冷食苦瓜，热食渐渐增加。

之后，当时的制作人只要看到我，便连声喊"苦瓜、苦瓜"。

孩提时代，平常晚饭餐桌上大致都会有七至八道菜。我家的餐点并不特别追求美味、珍奇，而是妻子、母亲希望家人健康，以当令的蔬菜、鱼肉所料理的家常味，我认为其实是非常朴实的餐桌。我们没有堪称酒豪的嗜酒之人，也没有喝餐前酒的习惯，父亲、哥哥只是在用餐时喝个两三杯老酒而已。餐桌上每天不可或缺的是青菜，而且一定会有两种，分别是柔软的叶菜类和纤维稍硬的，分为两道。也少不了一道豆腐或豆类所做的菜。

依照现在的营养学观点，人们一天应该吃三十种食材，但以目前日本家庭的现况，要实行并不是一件容易的事。像以前我家那样的大家族，料理的品项不得不多，一顿饭便用上三十种食材也并非不可能。吃中餐的习惯是，将菜肴以大盘盛装，再各自以小碟分食。无论哪一道，都要视同桌的人数平均取用才符合礼仪。不能因为喜欢吃某一道菜便一个人大量取用，使其他人没有得吃，不喜欢吃的也不能完全不吃，因此三十种食材几乎会进入每个家人的嘴里。在这样的饮食环境里长大的孩子几乎不会偏食，能够自然养成均衡饮食的习惯。

但现今日本家庭的人口少了，厨房也没有人手，一餐要准备好几道菜恐怕有些困难。因为品项少，不免就会专做家人爱吃的。

现在，为了吃将近三十种不同的食物，我会设计两天份的菜单。因为我与儿子两人一起生活，再怎么想，都不可能在一天内吃到三十种，而且我也认为硬逼自己吃绝非好事。我最近才发现，在不知不觉中平均吃下各式各样的食物，也许是大家庭生活的一项优点。

从老人家到小孩子，一大家子围着餐桌吃饭，不但是段愉快的饮食时光，同时也是让孩子们学习餐桌礼仪，变得细心周到的地方。从大盘中取食时，估算适当的取用量是一定要的，在家长就座之前不能动筷子，不能让餐具碰撞出声，这些都是各国通用的礼仪，但中国人特别认为欢乐的用餐不能没有欢乐的对话。在享受餐点的同时，也享受聊天。用餐的时间自然就会拉得很长。

在这段时间，孩子们从学习乖乖坐着开始，再学习倾听别人说话，合宜地应对，自己也要用心提供一两个愉快的话题。要随时注意聆听整桌的话题，却也不能因此而疏忽了用餐。自己该吃的菜肴要确实地吃，同时参与餐桌上的谈话，这是从小训练自然而然便学会的。

尤其是女孩子，要学的就更多了。要从各个层面关心同桌吃饭的人、桌上的菜肴，而在我们家，更不能忘记关心厨房里的人。

"帮奶奶夹菜。"

"问爸爸要不要再添饭。"

"要劝客人多吃菜呀，问问他们要不要再来一点？"

一开始是在母亲小声敦促之下站起来，以生涩的手感为大家分菜，几次下来，不用母亲交代，自然而然就会去做。

菜肴够不够？该不该请厨房重新热汤？是不是有吃完该撤的空盘子？很多地方都必须随时注意。

在我们家，母亲订了规矩，餐桌上的事情不劳烦佣人，而是由家人自己动手。有不少人家由女佣站在旁边服侍用餐，但母亲坚决要维持这个习惯。佣人们帮忙把菜送到饭厅入口，接下来饭厅里的事情就是我们的工作了。换脏盘子、加汤，都是在厨房和饭厅的交界处做。我们不但要负责这些工作，自己也要好好吃饭，参与对话，因此辛家的女儿是不能发呆的。女孩子终究会成为家庭主妇，届时什么都不会可不成。出生于富裕家庭，和养出一个什么都不给做的公主，是截然不同的两回事。母亲常对我们这么说："假如人类的脑袋里有十根神经，要当个好主妇，你们就得用上十二根来注意周遭的事物。"而母亲自己的脑袋里，恐怕更是有两倍的神经在运作吧。

我们在餐桌上最后要注意的是佣人们的餐点。我们家的习惯和当时大多数人家不同，在我们家，家人和佣人吃同样的菜肴。照日式的说法，便是吃同一锅饭。但是，佣人们是在家人用餐结束之后才吃饭。当然无论是哪一道料理，做的分量都是足够的。只是有时候不免会有出入，令人担心。我们用餐时，不仅要注意餐桌上大碗里的汤量，也要考虑厨房锅里剩下的汤量。偶尔吃炸的，或是好几条大尾鱼一起上桌的料理，请厨房添菜时莫名就会有某种直觉。

"啊，剩的应该不多了。"

"好像就这些了。"

姊妹们避开餐桌上的其他成员，私下互使眼色，留下厨房佣人们的份。

等家人用餐完毕，厨房佣人才开始吃饭。他们一群人聊着这天发生的事，热热闹闹地用餐，这也是一幅非常愉快的情景。我想大概没有安安静静默不作声吃饭的华人吧。

有时候他们快吃完饭时，突然有客人来访。

"欢迎欢迎，吃过饭了吗？"

"其实还没有，不过都已经这么晚了，请别费心。"

哪里的话，在辛家是不能冷落一个没吃饭的人的。但是，今晚真的没问题吗？存放剩菜的菜橱里还有东西吗？然而，厨房里的所有人立刻站起来，生起炉里的余火，接着便飘出阵阵香味。也不知是从哪里凑出来的，仍旧端出了一套有好几道菜的完整餐点。

"我们家的厨师是不是在我出生之前去学过魔法啊？"我在心中暗自咕哝。

什锦卤蛋的做法

这是放入许多水煮蛋一起卤的菜肴，营养丰富，淋在白饭上拌来吃。母亲经常以此作为中饭，或是给放学回家的孩子当作点心。

材料：猪绞肉一公斤，鸡腿肉两片，蛋七八颗，葱一根，干香菇五六朵，酱油腌大蒜两个，酒半杯，酱油一杯半，味淋少许，泡开干香菇的汤汁和水。

做法：

1. 鸡腿肉抹盐，切成一口大小，腌半天后烫过。

2. 蛋煮熟，去壳。

3. 葱、腌大蒜切碎。干香菇以温水泡开，切成大方块，泡过的水留着别丢。

4. 以中式炒锅热油，爆葱，直至呈金黄色。加入绞肉、干香菇，炒熟。

5. 准备厚汤锅，将炒好的料铺在锅底约两三厘米，将蛋放入锅中，并放入鸡肉、切碎的大蒜。

6. 平铺上剩余的炒料，加入酒、酱油、味淋，倒入泡香菇的汤汁和水，淹过锅里的东西。

7. 沸腾后捞除浮渣，滚十分钟后熄火。

8. 待冷却之后，捞除浮在上层的油，再加热十至十二分钟，冷却之后去除油脂。这个程序重复数次，前后共慢慢炖煮一个小时。

说明：

台南的菜市场有很多吃得到这种卤菜的摊贩，近午时，便挤满了附近工作的人。其中还有为了吃这个而请司机开黑头车来的人，所以坐在板凳上扒饭吃的人真的是各行各业都有。而吃完饭之后，到隔壁的水果店买水果，店家不但会帮忙切开，还出借汤匙，所以一样是站在店门口吃。

在家里，母亲会大量制作（这道菜量太少做出来好像不好吃），一天加热几次，可连吃两三天当点心。孩子们爱吃卤成茶色的蛋，还会比谁吃了几个，大家抢着吃。

红桃姑的素斋

"听说这次的客人很懂得吃，要怎么请客呢？要不要请红桃姑来做素斋？"

母亲有事商量，父亲听的时候，总是一副你觉得好就好的样子，但这时候突然"哦？然后呢？"开始专心应答。接待众多宾客的任务，平常都是交由母亲全权处理，但一提到红桃姑的素斋，父亲便"嗯嗯"连声点头，愉快地参与话题。素斋的精髓正在于其纤细微妙的味道，不是真正懂的人，不值得以素斋招待。

"若要办素斋，我明天就得打电话去商量菜色。"

"不，菜色交给红桃姑决定比较好吧，当然是要这个时节当令的食材，但有时候也得看她手边有什么干货。"

父亲笃信神佛，自己本身也是终年吃早斋，与寺庙素有深交，对素斋也有独到的见解，等闲不肯赞许，但唯独对红桃姑做的料理与她的为人，父亲常说他不得不佩服。我们也经常随着父亲、母亲前往和尚主持的法华寺和红桃姑所在的尼庵。但红桃姑并不是剃度的比丘尼僧，而是带发修行、服装朴素的俗家女子。

中国的尼庵除了剃度的比丘尼之外，也住着几位像红桃姑这样的女人，种花做菜做女红，做自己喜欢的事过日子，同时也帮忙寺方接待前来参拜的俗家信众。这些人跟比丘尼不住在一起，而是住在另一幢建筑，一人一室。她们身上的装束虽然简朴，但房间里的用品非常气派，生活不华丽，却雅致有格调，看得出她们并不是因为贫困而投靠寺方。

"等你们长大以后，我也想到寺里去。等我年纪大了，一定要去。"

有时候母亲会把年纪还小的我和妹妹放在一旁这么说，每次哥哥们都会责备母亲："妈，你说这是什么话！"被称为"姑"的女人以上了年纪的人居多，但其中也有年轻人。因此我想去那里的人绝非纯粹为了养老而去，多半是有什么原因而想逃离世俗，或是亲人不多但存了不少钱的人吧。也许是失恋的姑娘看破尘世，而那个时代，一般女性不想结婚会遭遇许多障碍，因此像红桃姑这样想专心钻研料理的人，那里也许是最适合的地方。寺里很安静，总是姹紫嫣红地开满了花。比丘尼们也好，避世而居的女性们也好，每个人都举止娴静，确实如母亲所说，是个令人安心的地方。我自己也非常喜欢寺庙，因此能理解长久以来照顾一大家子的母亲，希望于孩子们平安长大后在那里度过余生的心情。但另一方面，虽与哥哥"明明有三个儿子，怎能将母亲送进庙里"的心情不同，我还是强烈地认定那不是母亲该去的地方。或许是在我年幼的心里，从乍看与一般人无异的寺中女子们平稳的表情中，仍感觉到孤独若有似无的影子吧。每当母亲提起要进庙里，我便在内心暗叫妈妈不要去，而紧挨在母亲身边。

　　红桃姑在我出生很久之前，便已出入我家。在我懂事时，她究竟有多大岁数呢？年纪应该是不小了，但从没有一丝脂粉气，一张素净的脸总是红光满面，嘴唇、脸颊也像搽了胭脂般红润。红桃姑明明已经不年轻了，却令人感觉非常年轻。她究竟是四十多岁，还是五十多岁、六十多岁呢？直到今天我还是不知道。素斋一概不用动物性食品，适不适合似乎是看个人体质，寺里的人虽然不见得每个人都气色红润，但红桃姑号称精通素斋料理的精髓，她吃进去的所有东西，想必也成了让她超越年龄的青春之源吧。

　　在中国，无论是哪个宗派，佛教寺庙的三餐必定遵守茹素斋戒，因此素斋材料之丰富与调理技术之精练委实惊人。即使如此，还是听说有修行中的年轻和尚受不了口腹之欲，背着前辈们半夜偷溜到城里的事。中国人说故事最喜欢加油添醋，所以真相如何我也不敢说，但有一道菜每次吃的时候，想起菜名的由来便觉得有趣，那就是佛跳墙。别因"佛"字便以为是素菜，可差得远了。这道菜是杂烩料理的一种，加了腥中之腥的猪内脏。佛跳墙便是佛跳过了墙，据说就是和尚爬墙到城里去吃的料理。和尚半夜到城里的餐馆，又不能慢慢吃，便叫店家把好吃的东西全部和成一盘。鱼翅、猪肚、鸡肉，还有竹笋、香菇、白菜等蔬菜，烩成浓郁奢华的一道菜，无论是哪个发育中的胃，保证都会大为满足。

　　请客当天中午才过，红桃姑便将所有材料、调理用具等塞进迎接的车子，带着两三名助手抵达。就连盐、砂糖等调味料也一项不漏。尤其是油，更是极品中的极品。因为素斋不用任何动物性蛋白，因此对麻油以及其他的植物油相当讲究，用的都是精选的好油。助手有像红桃姑一样带发修行的人，也有剃度的比丘尼，都是跟着红桃姑学做菜的人。迎接红桃姑的这一天，我家厨房比平常更加用心清洗，每个角落都亮晶晶的。尤其是锅、釜、餐具类，更是必须一点脏污都没有。就红桃姑而言，她大概不想用俗人碰过的任何东西吧，但又不能将大锅、大釜、餐具一并搬来，因此只好使用俗家的东西。平日这些用具都是用来调理、盛装动物性食材、有腥味的东西，因此前一晚厨房的女人们便专心刷洗到很晚，务求洁净，不带一丝尘世烦恼。由大厨起，在厨房工作的人今天都休息一天，远远看着红桃姑和助手们工作。厨师大水有时会上前发问，红桃姑虽然不厌其烦地回答，但绝不要大水插手，我们只是怀着敬畏之念望着勤快工作的比丘尼们。

红桃姑虽然绝非美人之属，但头发干干净净地盘起来，眼神活力洋溢，穿着灰色或青色，有时是黑色的简朴传统服装，腰上围着代替围裙的一大块布。看着她工作，就好像在看舞台上表演的人，美得令人不由得看得出神。她平时温柔平和，然而一旦开始做菜，一看便知她身上神经根根紧绷，手艺之巧、盛盘之美，俱都令人叹为观止。基于制作美食的彻底信念，她律己甚严，对弟子也十分严厉。要是稍微出手可能犯错，好像立刻就会挨骂，因此我们都不敢随便靠近。平常总是笑眯眯的，和谁都亲切聊天的大水，这天神情特别严肃，向红桃姑请教时用的言语也非常恭敬。

红桃姑坐的车一到，比丘尼们将车上所载的物品搬进厨房期间，红桃姑便下车径至佛堂，首先向佛坛礼拜。得知红桃姑到达，父亲也从书房前往佛堂，两人在此互相问候。父亲说很高兴能邀得红桃姑这样的名人，红桃姑也说获得邀请不胜荣幸，彼此谦让一番。然后红桃姑总是会带些伴手礼让父亲惊喜，礼物多半是红桃姑亲手做的可长期保存的食品，其中父亲最喜欢的是海苔香松。那是将生海苔晒干后，以酒、麻油、酱油、砂糖调味，再次晒干，然后用油慢慢炸到酥脆，揉碎之后装入罐中。红桃姑会说，她做了这样的东西，做出来的成品非常好吃，所以带来送给父亲，父亲便高兴得满脸是笑。工作结束后，临走前，红桃姑也会到佛堂，再次向神佛虔敬礼拜。然后收下材料费等实支费用以及谢礼，返回寺中。

素斋一概不用动物性的东西，葱、蒜等据说神佛不喜欢的味道也不用。整套菜从前菜到甜点要让人吃不腻，菜色必须富于变化，因此要提供这样的菜肴，必须要有精选的材料与高超的调理技术。以蔬菜、菇蕈、大豆制品、海藻类为主材料，彼时当令的蔬菜自然不能错过，而备有多少精选的干货更是重点。红桃姑所带来的干香菇和昆布质纯肉厚，是一般市面上看不到的，可见得光是收集材料，她便投注了不少心力。而红桃姑运用这些材料做出美味料理的技术，我个人认为在数不清的世界料理当中也是一流的。

一窥素斋的世界，最令人惊讶的是大豆蛋白运用的范围之广。有豆腐乳、南乳、酱豆腐等豆乳类，豆腐、豆皮的种类之丰富，即便我们中国人也为之咋舌。在豆腐中加入大豆、曲、盐加以发酵而成的豆乳，用的若是名为红糟的曲，做出来就是红色的。像这样依不同的腌渍调味料便可制成各种豆乳。而豆腐类有柔嫩的豆腐，也有压缩豆腐制成的豆干。还有豆皮，在多数场合都担任素斋的主菜，不仅有日本京汤叶那样薄片状的或制成丸状的丸汤叶，也有厚实的，称为腐皮。还有加入种种辛香料，味道和口感都堪称素火腿的豆皮。将好几张腐皮叠在一起，做成鸡或鸭的形状，或是仿制鳗鱼块、素鱼翅，在精心调味下，无论外表、味道或口感，都和真正的鸭肉、鳗鱼、鱼翅不相上下。

豆皮做的鱼翅令人惊叹，但菇蕈仿鱼翅也非常可口。红桃姑上山采集了香菇、金针菇、草菇、鸿禧菇等许多菇类，仿鱼翅羹做成杂菇素菜汤。各种菇蕈混合成复杂的味道，美味直逼鱼翅，其中大量使用了无论外表或口感都与鱼翅近似的金针菇。

如今台湾已有专门卖素斋的餐厅，台北附近的寺庙也有不少已经观光化了，随时都吃得到素斋，简直就像餐厅一样。但在我的孩提时代，寺庙里纯正的素斋可不是随时想吃就能吃得到的。只能像我家这样，为了招待客人极尽礼数时，偶尔请红桃姑来掌厨，再不然就只能等寺庙的开山祖师诞辰或是什么节日，再去进香吃斋。在这样的日子，寺庙会制作大量的料理，宴请所有前来膜拜的信众。节日那天，寺里挤满了来进香的人，大家陆续就座，享用寺方的招待。但奉纳多寡的差别，只在于用餐之处是大厅或是贵宾室，端上桌的料理则是完全一样的。我们通常是被带到一间陈列着古董的安静房间，但孩子们在寺内一室是待不住的，一定满寺里到处跑，看看这个房间如何，瞧瞧那个房间怎样，以至于老是挨骂，要我们安分一点。

若有机会到台湾的佛寺，一定要吃素炒米粉这道名菜。米粉的质量好坏差异极大，以米粉根根分离、色白者为佳。加了油豆腐的炒青菜炒好后先将料盛出，将泡开得恰到好处的米粉放入剩下的汤汁中炒。待米粉吸附了汤汁，再与刚才盛起的菜料混合盛盘。米粉泡过头便无法吸附汤汁，因此米粉泡开的程度便是这道菜的关键。以色拉油和麻油取代猪油，最后撒上大量的炒芝麻，香喷喷的台湾名菜炒米粉便完成了。米粉好坏全看原料米的质量，以质清不黏的米做成的台湾新竹米粉最好。这是第一等的米粉料理，唯有这个是大陆哪一座佛寺都学不来的。

在我家，除了父亲之外，哥哥们等男性都认为素斋只能在家吃，理由是："看到比丘尼走来走去，胃口就少了一半。"

若在家里，红桃姑手下的比丘尼们仅限于在厨房工作，餐桌的服务是由我们负责。但若在寺里，则是由剃了光头的比丘尼们静静地将料理送上桌。认为比丘尼碍眼是那些六根不净的男人自以为是的意见，她们用心烹调的素斋无论在哪里吃，纤细的功夫与复杂微妙的味道都是不变的。

小时候去寺庙里参拜的目的是去吃比丘尼们所做的素斋，那么每个星期天外出扫墓的乐趣，则是烤地瓜。

我们家祖先葬于台南闹区外的田园中，那是一片兼作果园与菜园的墓园。一团团隆起的绿色小丘上，竖起一块块石碑的光景，与其说是墓园，不如说更像私人纪念公园。笃信神佛、慎终追远的父亲，每逢星期天便带着全家人去扫墓。

星期天早上，我们一定是在父亲"都到齐了吗？"的一声令下，搭乘自用车或人力车前往墓园。后来因战争缺乏燃料，为了要乘载一大家子，父亲便想出马车这个主意。让马拖着以巴士改造成的大型座车。后院的马厩里总是系着一两匹马，但我从没见过父亲、哥哥骑马，顶多是偶尔由长工骑，抱着我们上去坐坐而已。在那之前，马匹都没什么用处，但自打造了马车，马总算有了用武之地了。

乘着巴士改造的马车前去扫墓的辛家一行人，在旁人眼中看来或许特立独行，但我和妹妹、小侄儿、小侄女们则是欢欣鼓舞。紧抓着"叩咚咔嗒"摇来晃去的马车车窗，望着行经的景色，怎么也看不腻。

辛家墓园里祠堂一角

这匹马后来因战争被征召，我们失去了扫墓的交通工具，但战争结束后，又可以开车，于是星期天的扫墓活动又恢复了。

父亲似乎认为，为祖先扫墓不但是后世子孙的重责大任，对生者也必须是件开心的事。分散在果树、菜田之中的墓全部一一祭祀过后，接下来我们便摊开放在大篮子中提来的餐盒，完全是野餐的气氛。

墓园安排了一名长工守墓。除了打扫墓地，耕作菜园、照顾果树也是他的工作。我们一去，他的妻子便用刚从田里挖出来的芋头做粥给我们吃。或许是这片田适合种芋头吧，种出来的紫色芋头又松又软，非常好吃，不但能煮粥，还可以做成烩芋头、芋饼、炒芋头等各种料理。长工太太炒的青菜也很好吃，我们还曾经为了吃她的炒青菜，不带餐盒，而是带很多肉去烤。所以虽然是扫墓，却毫无阴郁的气氛，死者生者共聚一堂，一族人度过快乐的一天。守墓的夫妇住的房子里为父亲准备了一个房间，父亲吃过中饭，便在佛堂旁的这个房间里看看书，与母亲和哥哥们说说话。

我们孩子才不管想安静度过星期天下午的大人们，满脑子只有烤地瓜。这块盛产芋头的田里，也种植非常可口的地瓜，扫墓日子的点心一定是烤地瓜。在果树林中跑上一圈，收集落叶和枯枝，然后便等着洞挖好。我们的烤法很特别，不是石烤地瓜，也不是埋在落叶里烤，而是在土里挖洞来烤。

不知是不是这个地方的土壤特色，铲子挖下去后，土壤不会散开，而是像黏土一样一块块黏在一起。要在挖好的洞里铺上落叶，在洞缘将土一块块交互叠上去，做成一个小小的金字塔。然后在土块的缝隙中插入枯枝，点火，陆续将细细的柴薪添进去，土制的金字塔便会烧得火红。

"好，可以了。"

孩子们就等这一句，一起冲上前来开始毁掉金字塔，一面嚷着"哇！好烫好烫！"一面踢掉最上面的那块，从那里把地瓜扔进洞里，接着用鞋底将土块踩进洞里填满，再盖上为了整枝而剪下的果树树枝以便保温，然后等上一个钟头。玩了一阵子回来，松松软软、甜甜蜜蜜、热腾腾几乎会烫人的地瓜就烤好了。地瓜烤好的时候，大人们也会从屋里出来，大家一起一面"呼呼"吹凉，一面吃。这是扫墓的日子一定会吃的点心，果树园里的水果也可以任意摘来吃。等到夕阳西下时，我们便又上车回家。

在父亲过世后，每周日扫墓的习惯的间隔便越拉越远了。孩子们也都长大成人，不再有会高兴得四处奔跑的幼童，但最关键的是周遭环境的变化。来自大陆的难民慢慢在墓园里定居。从蒋介石的军队退休的老兵被称为荣民，他们与来自大陆的家人，总共有好几户住了下来。一开始他们是迫于社会情势不得不如此，因此只要他们好好管理墓园，便允许暂时居住。但随着难民人数的增加，借住便化为毫无秩序的占有，破坏了墓园。那一带原本位于市郊的田园，被都市发展所吞噬，如今已是市区的正中央了。即便那是我们祭祀祖先的重要土地，但情况已非个人意愿所能左右。

好几年前，哥哥另觅土地，准备将墓园迁过去。原先的墓园迟早会有推土机驶入，再生为全新的市镇吧。离我们熟悉、怀念的地方消失的日子也不远了。这毕竟是世事变迁，惋惜痛心也无可奈何。然而，我在意的是地瓜。假如那片土地至今仍种着地瓜，那么他们又是怎么料理、怎么吃那可口的地瓜呢？我不知道在大陆是否也有挖洞烤地瓜的习惯，假如没有吃过的话，在田地被铲除之前，我真想教他们。

"你们会不会把土块堆成金字塔型来烤地瓜？"

千层腐皮的做法

这道素菜要将好几张生豆皮叠起来，需要一点技巧。请精心挑选上好的材料来做。

材料：生豆皮六百克，竹笋（煮熟）四百克，干香菇（大朵）二十朵，酱油五大匙，砂糖一大匙，胡椒少许，麻油一大匙。

做法：

1.（制作夹在豆皮中的香菇馅）干香菇以水泡开，切碎，竹笋也切碎。

2. 加三大匙植物油进中式炒锅热油，花一点时间将香菇、竹笋炒香，加入酱油、砂糖、胡椒、麻油。

3. 准备与豆皮大小相当的浅方盘，铺上一张豆皮。

4. 将少许香菇馅平均撒在整张豆皮上，叠上一张豆皮，然后重复叠上香菇馅、豆皮（生豆皮一百克大约有五张，因此最好先将香菇馅依豆皮张数平均分配好）。

5. 叠好之后，以重物压约半天。一开始轻，再慢慢加重。大约从一点五公斤慢慢加到三公斤。

6.压完之后，将豆皮连浅方盘直接放入蒸笼，蒸约三十至四十分钟。蒸好之后，豆皮会变得十分扎实，便可用菜刀分切。

说明：

薄薄的生豆皮容易破，处理的时候要特别小心。以重物加压时，另外准备一个浅方盘，先放上浅方盘再压，便可平均施压。分切好的千层腐皮可直接上菜，淋上糖醋酱是另一道菜，裹上面衣像天妇罗一样油炸又是一种滋味，可以做出三种变化。

后记

　　不知从何时起，我心中开始产生一个模糊的念头：将来自己应该会写一本书吧，我想写。也许是因为曾经有人说过，无论是谁，都能够写出一本书。然而，那应该是在 60 岁以后，自觉步入人生的黄昏阶段时才会实现吧。

　　如今却这么早就成真，要归功于我的朋友本间千枝子女士。去年，她来听了我谈台南生活的小小演讲。不知她喜欢演讲的哪一点，竟劝我写成书。不仅如此，还为我介绍文艺春秋的白川浩司先生，使得身为宿运论者的我相信，这一定是上天注定的缘分，便付诸行动。

　　这本书得以完成，还受到福士节子女士、堀企划文化事业部的金森美弥子女士等众人的帮助。在此虽然无法一一记名，但若非有大家温暖的鼓励，这本书恐怕难以问世，为此我由衷感谢大家。

写作时，或许是因为在台南的记忆意外鲜明，后来完成的形式与当初的构想有所不同，没有余力提及日本的生活。但回头重读，我觉得这样未尝不好。迟缓鲁钝却重视人生细节是我所希冀的生活方式，而这次的写作，让我再次深切感受到，这正是安闲园的日子深植于我心中的。就此而言，我希望将本书献给如今已不在人世的父亲：辛西淮。

1986 年 9 月 3 日

跋　母亲的回忆

辛正仁

这一天，我收到令人高兴的通知，告诉我《府城的美味时光》推出文库版，实现了长久以来暗存于我心的愿望。

相隔许久之后重读这本书，发现了一件有趣的事。这本书问世于1986年，当时母亲五十三岁。而此刻正为文库版撰写母亲的回忆的我，正好和当时的母亲一样，也是五十三岁。

母亲于2002年1月28日骤然过世。已经八年了，这八年来，我们母子似乎比母亲生前更常互相面对，互相沟通。这个偶然，不禁令我感到是不是母亲想告诉我些什么。

小时候，我家虽然是一母一子的家庭，却绝非一个静悄悄的家。二房一厅的小公寓里，常有从台湾来念书的阿姨或阿姨的朋友、表姊妹等两三人寄居于我家，真的非常热闹。

母亲很怕一个人独处。

我想那是因为母亲生长于大家庭，习惯身边总是有一大群人围绕，而那样的环境也最能让母亲感到自在。

母亲非常喜欢招待客人。从母亲工作有关的出版社人士，到摄影师、料理研究家、音乐家、阿姨的朋友、朋友的朋友，不夸张，母亲每周都邀请许多人来到我们的小公寓，以她的拿手料理招待对方。

小时候，我是个爱发呆、爱幻想的孩子，在母亲眼里似乎是个问题儿童，因此母亲指派我任务，严格训练我如何接待客人。要是客人来了，无论这时候我是在念书还是做任何事，都要搁下来，先到玄关去迎接。我家很小，没有大型衣柜，因此要在我睡的床上铺上新床单，来放客人的外套等物品。我要负责记住哪件东西、外套是哪位客人的，当客人准备离去时，不经询问便为客人拿出来。在客人到齐，上前菜、举杯之前，母亲会问候每位客人或他们家人的近况等，提出恰当的话题，让场面热络起来。对于初次见面的客人，则提出双方共同的话题，让双方在愉快的情形下相识。这时候母亲神采奕奕的模样，是我记忆中最像母亲的样子。这一刻，我终于可以卸下寄物员的工作，喘一口气。

但是，真正的任务才要开始。

干杯之后，开始上全餐，母亲便要面向餐厨合一的厨房，换句话说，便是要背对客人，完成一道道料理。一面完成料理，一面清洗餐具。因此，基本上母亲是无法与客人交谈的。

于是，身为孩子的我，便要以主人的身份陪伴客人。

母亲要我与来访的每一位客人交谈。

还叮咛我尤其要主动向沉默的客人攀谈。

对于年幼的孩子，陪大人谈话是一项相当困难的课题。但是，若是我在用餐期间偷懒，只是默默吃东西，母亲便悄悄地把我叫过去，常骂我："这样你在这里就没有意义了。"

母亲虽然没有严格要求我为客人倒酒，但若是客人的空盘一直没有撤下，我也会挨骂。

若有客人要告辞，便要悄悄到房间正确取出那位客人的东西与外套。

送客时，不是送到门口，而是搭电梯下楼，送到公寓的大门。

然后，要送到看不见客人为止。

当母亲独力做完全餐，上甜点时，才回到餐桌上，与客人愉快地交谈。这时候，我在用餐期间撤下的碗盘已经全部清理好了。我家也经常有客人留宿。若接到联络，得知有客自远方来，母亲便会说"住饭店太浪费了！"而请客人在家住上好几天。当亲戚一家人留宿的时候，便请客人住我的房间，餐桌底下就成为我的床。但是，对孩子来说，这就好像露营的帐篷一样，我十分喜爱这个活动。提到任务，将母亲所做的料理、难得有的吃食送给附近常来往的街坊邻居，也是我的任务。一开始我嫌麻烦，做得不情不愿，但一送去，每个人都会由衷感到高兴，还会送我爱吃的煎饼作为回礼。因此当我完成任务回家时，心情总是轻快的。

若是知道有人生病住院，母亲一定会做香菇鸡汤，要我送到医院去。

且容我再次强调，我本是个爱发呆、话不多的孩子。

但是，由于我深知这鸡汤暖心暖胃的好味道，把汤交给病人时，也能够打从心底说："请您喝鸡汤，赶快好起来。"

母亲希望以料理为大家带来幸福的热情，也投注在我朋友身上。

小学时代，星期六放学后举行同乐会时，身为家长会一员的母亲，觉得只有现成的零食不够丰富，便亲手为全班做了草莓蛋糕。

母亲用家里的小烤箱不知烤了多少次海绵蛋糕，用家用小料理盆不知打了多少次鲜奶油，放上一颗颗又大又红的草莓，做出了给全班吃的草莓蛋糕，用羊毛大衣又扁又长的大硬纸板箱来装，满满一箱，塞得一点空隙也没有。平日我在班上只是个滥好人，毫不起眼，只有这天当上了主角。

"好好啊，你每天都吃这么好！"虽然难为情，但内心却从未像这时候如此以母亲为傲。除了料理和招待客人之外，母亲最喜爱的，就属欣赏歌剧和以花材装点室内了。除此之外，母亲几乎不为自己花钱。母亲真的是节约高手，重要的钱，都用来栽培、养育我，以及毫不吝惜地花在客人、朋友、亲戚身上。

至于安闲园的回忆，母亲孩提时代的回忆为何如此鲜明？我想，那是因为在出生、成长、生活的过程中，母亲的感情比常人加倍丰富。听说，伴随着强烈感情的记忆，会永远鲜明地留在人类的大脑中。但是，重视生活细节，拥有丰沛感情，并不只会感受到幸福、快乐。相反的，悲伤和痛苦的强度也比别人多一倍，也更容易受伤。各位读者，不，恐怕连我的亲戚也都没有发现，母亲直到临终也未曾揭露，但《府城的美味时光》文中，隐藏着母亲孩提时代深深受伤的回忆。

如今，社会的脚步快得惊人，人们所受到的压力不断变大变重。我们为了逃离这份痛苦，有时不知不觉便关上了感情的开关。但一直这么做，感情的开关将无法再打开……换句话说，我们不会感到不幸，但也感受不到幸福。而且，当我们走到人生的尽头，就好像不记得今天一天发生过什么事一般，不知道过的是谁的人生。我觉得鲜明地回想从小便伴随着自己的细腻感情，是综观自己往后该如何生活的最好办法。假如这本书能够成为契机，使读者拨出宝贵的时间来回顾人生，我想母亲一定会感到十分欣慰。

最后，我要由衷感谢大力促成《府城的美味时光》推出文库版的作家林真理子女士、出版单行本的文艺春秋诸位、福士节子女士、为执行而奔走的集英社村田登志江女士、文库编辑部的泷川修先生、宫胁真子女士、支持母亲生前的各位，以及与母亲有所共鸣的所有亲爱的读者，谢谢大家！

2010 年 5 月

本书介绍的食谱索引如下：

图书在版编目（CIP）数据

　　府城的美味时光：台南安闲园的饭桌／辛永清著；
刘姿君译. —杭州：浙江大学出版社，2015. 11
　　ISBN 978-7-308-14664-7

　　Ⅰ.①府… Ⅱ.①辛… ②刘… Ⅲ.①散文集—中国
—当代 Ⅳ.①I267

中国版本图书馆CIP数据核字（2015）第127574号

府城的美味时光：台南安闲园的饭桌
辛永清 著　刘姿君 译

责任编辑	周红聪
责任校对	叶　敏
装帧设计	卿　松
封面绘图	邹治桂
出版发行	浙江大学出版社
	（杭州天目山路148号　邮政编码310007）
	（网址：http://www.zjupress.com）
制　　作	北京大观世纪文化传媒有限公司
印　　刷	北京中科印刷有限公司
开　　本	880mm×1230mm　1/32
印　　张	6.25
字　　数	134千
版 印 次	2015年11月第1版　2015年11月第1次印刷
书　　号	ISBN 978-7-308-14664-7
定　　价	36.00元